壓扁草莓的幸福

田邊聖子——著
劉子倩——譯

目次 contents

導讀

神仙的香氣——大阪文學奇花田邊聖子

陳蕙慧

《讓愛靠過來》是田邊聖子家喻戶曉、風靡數個世代少女與熟女的代表作之一——「乃里子三部曲」的首部作品。這個系列，不但在發表之初，因主角職業與性格的設定、敘事節奏的清爽麻利不做作、率先以女性觀點關注女性自身「情欲」與「靈肉關係」而令人驚豔、引起話題，成為大暢銷書，也可說是開啟了「戀愛小說」這個類型創作與閱讀的先河以及奠基之作。

被文壇暱稱為「阿聖」的田邊聖子，一九二八年生於大阪。巧的是，同一時代誕生的另外兩位大家：河野多惠子（一九二六）、山崎豐子（一九二四），也都是大阪商家的女兒（註一），深受關西庶民文化與先進的上方（天皇所在之處，尤指近畿）文化的孕育培養，著作質量等身，都擁有全國性的影響力，被公認是最能代表她們本身所處時代的三大名家。（註二）

三人當中，又以田邊聖子的文學成就最為廣泛多元，所觸及的讀者群之輻射波長最是宏遠。這話怎麼說呢？

山崎記者出身，以書寫挖掘各種社會弊病和重大議題著稱，河野則被公認為繼承了谷崎潤一郎的衣缽，專長於描寫異常性愛主題的文學作品與評論。而「田邊文學」則迥然不同，自成一格，文風輕快、明朗、幽默，巧妙地運用大阪方言中的譬喻與智慧，時而自我解嘲時而搞笑，平易近人，讀來引人會心，而各個栩栩如生的登場人物，更是如同街坊般親近，同時卻又有一種摩登的現代感，開放、自在、灑脫，因而能永遠保持著一抹始終不減不滅的新鮮感，不管哪個時代讀來，都覺得有趣得不得了。「田邊文學」擁有如此鮮明的特色，這只能說是創作的天才、文體的天才了。

這樣的天才是怎麼誕生的呢？阿聖自承，從少女時代起就同時接觸西洋文化與日本古典文學，自家的照相館總是不時引進關於攝影、關於藝術的最新觀念、技術與工具，而閱讀方面則特別熱愛法國幾位女作家的小說，例如喬治桑、莒哈絲、莎岡，最著迷於柯蕾特，古典文學方面則無論《古事記》、《萬葉集》或《源氏物語》，都是一讀再讀、治癒她敗戰後受創心靈的精神食糧。

雖然台灣讀者還不認識這位在很早以前僅有極少作品引進台灣的偉大作家，但是或許對知名演員妻夫木聰二〇〇五年主演的《Josée、老虎、魚》有點印象？這部全片飄散著莎岡作品風格的電影，原著就是田邊聖子的短篇小說〈Josée、老虎、魚〉（ジョゼと虎と魚たち）。

而受到同是芥川賞得主（註三）宮本輝高度推崇的《新源氏物語》，正是展現田邊聖子在古典文學上的造詣與緊扣現代女性戀愛心理，引發強烈共鳴的傳世大作。自明治以來，以現代語新譯《源氏物語》的知名大作家有好幾位，例如與謝野晶子、谷崎潤一郎、圓地文子、瀨戶內寂聽等等，然而一致公認不僅是以白話翻譯，而是以嶄新的語言重新「創作」出《新源氏物語》的，唯有田邊聖子！

讀到這裡，我們知道，田邊聖子的文學版圖，既有散發濃郁大阪氣息卻又洋溢現代女性主義特質的「戀愛小說」、各種新譯及重新詮釋的古典文學作品，除了在這兩個領域成績斐然之外，還有六本獲得重要文學獎項的評傳小說，書寫的對象包括詩人、作家與謝野晶子、江戶時代表性俳諧詩人一茶、活躍於昭和初期、中期的小說家吉屋信子等；以及最最深入人心、膾炙人口的數千篇珠玉般的隨筆了（註四）。

這為數龐大的隨筆中最廣為人知的便是「咔魔咔大叔」（註五）系列。此一系列設定由田邊聖子夫婿——醫學博士也是開業醫生川野純夫以及作者自身，以形同對口相聲的方式，針對當時的社會百態，例如女性問題、國際和平、經濟危機、教育問題、緋聞醜聞等等，抒發感想、諷刺批評，由於形式親切、觀點新穎、所想所感皆暢所欲言而大受歡迎，欲罷不能，從一九七一年開始在《週刊文春》連載，直到一九八六年為止，前後十五年，並一共出版了十五版單行本！

在現代作家熊井明子的心目中，無論是女性題材的戀愛小說、以古典為基底的文學創作、藝術家評傳，或上述如此貼近生活的隨筆，被譽為「田邊文學」的阿聖的作品，總是在書寫著凡塵現實的各種景況、情事、話題之間，仍隱隱約約透著一襲神仙的香氣。

「阿聖擁有一顆永遠的赤子之心。」

是了。位於兵庫伊丹的阿聖宅邸的會客室裡，擺放著眾多的古董人偶、香水瓶，喜歡乾燥花、忠實的寶塚迷……

「樂天少女要借過！」

這是阿聖一本隨筆集的書名，副標正是「我的履歷」。我們可以無盡地想像，神仙的香氣，是少女的香氣。

（本文作者爲資深出版人，青空文化出版顧問）

註一：田邊家經營照相館、山崎家是昆布老鋪，而河野家則是香菇店。

註二：特別一提的是，田邊與河野分別於二〇〇八年、二〇一四年，獲頒由天皇親自授與的文化貢獻最高榮譽「文化勳章」。

註三：田邊聖子於一九六四年以《感傷旅行》獲得第五十回芥川賞。

註四：田邊聖子自一九五八年以單行本《花狩》出道至今，共出版單行本兩百五十冊以上。二〇〇四至二〇〇六年間，由集英社企畫整編「田邊聖子全集」，共二十四卷，別卷一卷，收錄約全作品的四分之一。

註五：「咔魔咔」為「カモカ」之音譯。「カモカ」為日本傳說中專噬咬日本嬰兒的妖怪，因咬起來咔茲咔茲聲大作而得到此名號。

壓扁草莓的幸福

1

壓扁草莓的同時，我，正在思索。

我思索的是，這樣幸福真的好嗎？

單身生活或許才是人類幸福的極致？

我的身體健康，也有工作，而且不是討厭的工作，算是小有名氣，還有男人——（或許有男性友人會問：「是指我嗎？」）像這樣，就算去了彼世也不可能有這麼幸福。（這句「就算去了彼世也不可能有這麼幸福」，是我近來最喜歡的口頭禪。我用這句話來形容好吃的東西，或者酣暢淋漓的性愛高潮。關於我這樣的形容，我的男性友人之一金井哲也贊同我「言之有理」，但他對單身生活是否真有那麼美好持保留意見。）

我的插畫目前依然很流行，畫作也頗有銷路，甚至，還推出了周邊商品（叫做「乃娃系列」），在圍裙與床單、枕套、包包印上我的插畫。光靠「玉木乃里子」這個名字，養活我這樣一個女人應該不成問題。

撇開工作姑且不談。

因為，不管做什麼工作，只要是健康、有幹勁的女人，不管去哪裡起碼都能糊口。

畢竟，這是一個人生活。

其實直到最近，我才深有所感，一個人活著有多麼美好。

就像今早的蔚藍夏日晴空，只見窗外的大阪城公園綠意盎然，獨享這片景觀的喜悅甚至令我眼前一暗。以往，我都是傷心或不愉快時才會眼前發黑，但是現在開心時才會喘不過氣兩眼發黑。而最大的差異在於，以前傷心時眼前發黑的方式，是直接一下子黑到底；但是現在，瞬間黑暗後，下一刻會比之前更明亮。

之前，我跟阿哲提起這件事，「妳那應該是一下子站起來太急，貧血暈眩吧？」

他居然這麼說。笨蛋。

才不是什麼貧血暈眩！

不過，我這麼一說，許多人的反應是：「聽起來，小乃妳以前的男人可真是惡劣啊。」

其實不是那樣。中谷剛並非壞男人。只是，「他太愛吃醋了。」我說。

他會嫉妒。我這麼一抱怨，「我還沒見過不嫉妒的男人。」

桑田芽利說著咯咯笑。這女人有點女同志的味道，但她也很懂得操控男人，或許也因此現在擁有兩棟大型時裝大樓，是個大財主。在今日，財力深不見底的女性富豪意外地多。以前，我剛認識她時，她在北區開了一間小洋裝店，有段時期也曾窘困得差點被債主把店搶走。當時她還是有夫之婦，但老公外遇已與她分居，她在公私兩方面都處於最低潮，但即便在那種時候，芽利依然是美女。她的身材纖細嬌小，聲音也孱弱溫柔，彷彿一輩子都沒大聲說過話。她以弱不禁風的態度，說著帶有關西腔的標準語，「不行啦，我這人，真的很沒用呢，我已經完了啦。」

一邊卻在上六（上六町六丁目）蓋起含羞草大樓（芽利原先的洋裝店也叫做「含羞草」）。

「那棟樓可不屬於我喲，只是因為繳稅的關係，放在我的名下，我這種人哪有那麼厲害……」

她嘴上這麼說著，不久之前，又在周防町的美國村蓋了「含羞草二號時裝大樓」。她一邊頻頻冒出口頭禪：「我這人不行啦……」一邊卻從圓鼓形的黑色天鵝絨皮包取出金色菸盒與打火機，以漂亮的手指把玩香菸，只抽了一、兩口，立刻在菸灰缸摁熄。她的頭髮染成栗色，不知該說是十九世紀風格的大包頭，還是該戲稱為二〇三高地，或是走龐巴度夫人的路線，總之梳成高高的髮髻，只留四、五撮碎髮散落肩上，看起來挺美的。

或許芽利就是為了享受那種碎髮之美，才故意梳那種髮髻。

也可能是芽利的金主叫她梳那種髮型，但我對她的私生活一無所知。我與芽利相識，一方面也是因為我與她都是某家酒吧的常客，以前常去她的洋裝店「含羞草」訂做衣服。

她的五官精緻，宛如象牙雕刻工藝品的美人兒，但是就像象牙會靜靜染上暗沉變成焦糖色，芽利也老了。

不過，年華老去與散發出「老太婆味」是兩回事。一般人多多少少都會表情僵化，轉眼就變成老人臉，但芽利不曾給人那種感覺。雖然她的臉頰與嘴邊，也有好似把和紙稍微搓揉的皺紋，但就連那個，彷彿也是讓她看起來更美的點綴，我喜歡現在的芽利。

所以，目前芽利是會到我家玩的好友之一。

對，好友就該叫來家裡！以前與阿剛結婚時，愛吃醋的阿剛連我與友人來往都一律禁止。阿剛的確不是壞男人，但他的占有欲太強，甚至令我窒息。

我想，我應該再也不會結婚了。

婚姻生活是一連串的緊張，若要一直以同樣狀態接受對方，溫柔對待，就不得不稍微演戲。到三十三歲為止，我的演技或許還相當好，但到了這個年紀——現在，我三十五歲，黃金歲月的三十五，花樣年華的三十五，無所不知（我自以為）的三十五，活力充沛、性感十足的三十五，最懂得美食佳餚與快感的三十五，享有人生一切美好事物，深感身為女人「太好了、太好了、太好了」的三十五，對於男人的好處、男人的可愛、男人的出色、男人的氣派乃至對男人的憧憬，全都瞭若指掌的三十五，這就是我。但我已無法再發揮糊弄人的演技。

演技，不是為了製造破綻，而是用來讓人生更愉快的能力。

正因如此，不能總是恣意發揮演技。如果一點一點不斷使出，到了關鍵時刻恐怕就用光了。婚姻生活中取決於演技的成分很大，自然不能連小事都浪費寶貴的演技。

如果，可以容許蜻蜓點水式偶爾見面的「蜻蜓點水式婚姻」，那倒也不錯……可惜男人八成不會同意，所以我實在是對結婚敬謝不敏了。

與阿剛離婚是在我三十三歲的時候，之後那一整年果然留下後遺症。人即便會忘記自己愛過的事物，也不會忘記自己愛過的人。

總覺得自己好像變成了加害者，以前與阿剛婚後還很恩愛時，看著阿剛的睡臉，總感覺有種可憐的味道。

現在我發現，那或許是一種命運的預兆。

阿剛是大財團的闊少爺，方方面面規矩很多。加諸於我身上的義務與負擔（在我看來），巨大得幾乎令我眼前一片黑暗。

阿剛對我說：「基本上，妳既然嫁到我家，當然該更勤快。」

勤快什麼呢？

「嫁入這麼好的家庭，當然應該更努力才對吧？」

這就是他的論調。這麼好的家庭，指的是大財團、有錢人。阿剛對他自己的家，以及在經濟界知名的老爸，就是這麼形容的。

「變成這麼有錢的人，相對的，當然必須好好努力，妳太懶散了。」

他居然這麼教訓我。換言之，他在譴責釣到金龜婿的我沒有做出相應的回報。而我完全沒留意過那方面的問題，所以他不說我還真沒想到，阿剛也半斤八兩，只是他似乎很驚訝我連這種事都得他一一指點。

阿剛年輕英俊精力旺盛，但他一天到晚意識到自己是有錢人，每每令我很不自在。（不，這多少也是我離婚後想了一整年，好不容易才搞清楚究竟是什麼地方不對勁。）

阿剛身上沒有的，八成是「低調」。本來家世良好的人，在家世不好的人面前總會比較低調。即便自己沒有特別意識到，多少還是會有點彎腰駝背的味道。有錢人亦然，天生的有錢人多多少少總會因低調而駝背，暴發戶反而會冷酷地抬頭挺胸。或許我就是隱約感覺到那種現象，才會對阿剛一家子的財富毫無敬意與感動。

不過，這種事縱使再怎麼跟阿剛解釋，他也不可能明白，我也對自己的想法沒自信所以很了解阿剛的困惑，到頭來，我因演技的枯竭，忍不住曝露自己的本性，令阿剛大吃一驚。

如此一來，本來我可能才是受害者，卻被自己是加害者的妄想糾纏。只要一想到阿剛，內心的某一部分就好像死掉了，自己都很煩，好似成了可疑的陰謀家。

與阿剛離婚後的那一年，我也受了傷，因為我一直懷疑自己是不是討人厭的壞女人。

離婚後，我搬出可以看海的公寓，買下大阪市中心的公寓。珠寶和皮草以及其他值錢的東西我都沒帶走，所以阿剛給了我一點現金，有了那筆錢才勉強足夠我買下公寓。

在朋友之間，也有「乃里子好像要了一大筆贍養費」的傳言，但我當時正被「都是我不好」這種加害者意識所苦，壓根沒有「撈一大筆錢再開溜」的想法。

講這種話的人，也是在我與剛結婚時，認定我釣到金龜婿之後已對工作和畫畫失去興趣的人。他們經常來找我捐款，也常有我不認識的美術系學生拿著他們寫的介紹信帶畫作來，要求「就當是付點顏料費也好，請買下我的畫」。我總是答應捐款，也往往當下就照對方開的價碼買下畫作。

所以，那種人在聽說我和阿剛離了婚，「八成是撈到大筆贍養費。對方家裡可是大財團，多少錢都付得起。」會打從心底很羨慕地這麼說，多少也不難理解了。

我從未要求那種東西。阿剛反而能夠心甘情願地給我一點錢。

我的男性友人之中也有人比較反骨的。

「本來就該這麼做。和那種有錢人一起生活怎麼可能有意思。像妳這樣的聰明人，居然做出那種傻事，我早就覺得很不像妳的作風了。」

這種說法也有點不對，我當初是因為喜歡阿剛才嫁給他，再沒有比和他打情罵俏更快樂的事了。

包括前述這些情況，就像深刻的傷痕，令我不斷意識到，一個人住在大阪公寓後再也看不到海了。大阪與神戶相距甚遠，但我總覺得這房子的後面就是大海，偏偏背後沒長眼睛所以看不見——我陷入這樣煩躁的心境。

那肯定都是一種輕微的精神官能症。

隨著日子過去，那些心情也逐漸淡去，我反倒開始嘗到獨居生活的美妙滋味。一個人住可以把洗澡水調得比較不熱，也可以泡在水裡看書（不過只是漫畫與週刊），以前充滿暴發戶品味、堆滿各種昂貴裝飾的房子沒有了，取而代之的是簡單的、就像阿爾卑斯少女住的那種、樸素又可愛頗有卡通《小天使》風格的房子。

以前怕阿剛會看所以我也不能寫日記。

離婚一年，種種回憶，尤其是對阿剛的加害者意識，令我良心不安，即便寫日記，字也愈寫愈小，宛如檢查視力的掛圖。想到此，豈止是「輕微的精神官能症」，說不定已是重症。

不過話說回來，我並沒有愛上別的男人或在經濟上出問題，只是某天早上，忽然單方面地覺得，我對你的「溫柔」珠子已完全出光，預定終了，請改玩別台吧。

店面斷然打烊，或許終究還是一種背叛。一旦掉出「溫柔」的珠子，就非得永遠掉出珠子不可，至少必須裝出會掉出珠子的模樣……

但若說從一開始就是裝模作樣，那倒也不是，我是真的很喜歡阿剛。我想阿剛一定也同意這點，只是他實在太有錢，被金錢綁得太緊，若要靠什麼心機或陰謀和他那一家子打交道，委實令人疲憊。

我當然也有「人的可惡」，但我不想為了金錢或繼承權的問題與人勾心鬥角，甚至利用「人的可惡」。

我認為那種東西，與女人的可愛正好相反，所以我不想在阿剛面前展現。但是仔細想想，「愛情」這台小鋼珠機子，突然間做出分手宣言：「到此為止了，今後我再也不會掉出「溫柔」的珠子囉。」

這是「女人的可惡」。「人的可惡」與「女人的可惡」哪一種更壞，我覺得「女人的可惡」要陰險多了。

所以我才會對阿剛心生加害者意識。但阿剛是個自尊心很強的男人，所以離婚時並未拖拖拉拉。他沒有向我索取精神補償費，反倒給了我一筆錢，非常了不起。

阿剛等於是在離婚時才成為男人，我不知道阿剛心裡怎麼想，至少他表現出來的做法很漂亮，毫不拖泥帶水。他聘請的律師直接來到當時我暫居的小公寓，說：「麻煩您蓋章。還有在這裡和這裡簽名。您的銀行帳號是？」

就這樣乾淨利落解決了一切，之後阿剛似乎便搬去東京了。

那是為了繼承他老爸在東京的公司。

我與阿剛家族的景山泰雄每年因畫廊或個展開幕酒會碰面一兩次，所以會聽說阿剛的消息。而且是我問起，泰雄才會回答。他是個不愛出風頭、懂得分寸、個性沉穩謹慎的男人，他絕對不會在別人沒問的情況下自以為消息靈通，得意洋洋地說出來。他和得意洋洋的表情根本搭不上邊。

泰雄喜歡畫，所以我和他來往很輕鬆。在阿剛的家族中，除了死去的婆婆，泰雄和我最投緣。

泰雄一直未婚，但就在我剛發現單身生活的樂趣時，他緊接著卻結婚了，還嘆息：「唉，上班族連畫也買不起。」

據泰雄表示，阿剛目前仍是單身，但我後來一直沒見過阿剛。就這樣，我終於讓單身生活的樂趣滲入骨髓，得以盡情享受那種喜悅。

也嘗到了快活得眼前發黑的滋味。

我的公寓雖不大，但不管去哪都只有我一個人，這點也很棒。邀朋友來玩時，每個房間都會擠得滿滿的。以前和阿剛在一起時，朋友不會來家裡。因為阿剛很討厭我和昔日友人來往。更別說我與阿剛共同的友人，那根本不存在。

可以把工作日程表拿圖釘隨意釘在畫室牆上也很棒。

松節油的氣味，還有堆滿屋子的破銅爛鐵，不用一一收拾真好。半夜也照樣可以爬起來喝酒或吃茶泡飯，桌上堆放各式各樣的雜物，而且就那樣放著，早上也不必收拾，真好。

那些雜物包括舊式的珠寶女表、銀色蕾絲編織的錢包、塑膠大戒指等等，以前阿剛在時，肯定會一手統統打落地上，教訓我：「別堆得亂七八糟！」

而現在，我可以壓扁草莓澆上大量牛奶享用，邊吃邊看報紙。

之後在浴缸放滿溫水，一邊從容浸泡一邊看書，就這樣。

看著書，我會在心裡盤算，今晚去參加朋友的個展開幕酒會吧。我喜歡這樣慢步調的生活。

在酒會上八成會遇到朋友，所以之後應該會去南區喝酒，不過回到這裡，兩、三人小酌一杯也不錯。

若從這種狀態思考，僅僅兩、三年前與阿剛共度的生活簡直如同「彼世」。

如果真有另一個世界的記憶，我的感受正是如此。

說到何謂幸福，還有比往事全都看似「彼世的事」更幸福的狀態嗎？

可見我現在的生活有多麼充實。不過嚴格說來，這裡指的「彼世」，頂多只有「前世」的意思，並非我們將來會去的「死後的另一個世界」。換言之，前世今生，我已經過了兩輩子的人生，算是賺到了，只不過，前世與阿剛共度的生活，已在遙遠的彼方漸漸模糊。

我天生就對往事記不清，所以倒也不覺得特別占便宜。與阿剛的婚姻生活（雖只有三年），如果至今記憶深刻，並宛如脂潤膏醇的美味仍滿口餘香，就能舔著舌頭，獨享過去與現在雙方面的好處為之竊喜。

（這是多麼占便宜的人生！）

可惜我是個立刻忘記遠景，只活在近景的女人，所以永遠都只有現在被放大。

不過，與阿剛在一起，嘗到兩人共住的好處再恢復單身後，反而更能徹底感受現在的幸福。很久以前，在我還未與阿剛結婚，一個人生活時，我總感到饑渴。一個人吃飯，一個人睡覺，時時刻刻有種欠缺感，心情煩躁不安，把自己的生活視為臨時住處、臨時人生。

那時我忙於工作，整天累得跟狗一樣（如果現實生活中真的還有丈夫或男友得照顧，恐怕身體會累垮），但我實在受不了這麼空虛的生活，我以為這種欠缺感還是得靠男人才能填補。

所以與阿剛新婚當時我很開心。

但是那也已成為「彼世」的往事，歷經幾度山河，如今的我覺得現在最好。但我也不是因此就討厭男人。

離婚又重新開始工作後，「哦哦，不簡單，妳變得更有女人味了。」

無論是昔日老友或新認識的男性友人多半都會這麼奉承我。在我身邊有像福田啟那樣的畫壇同好，也有做童裝的金井哲那樣的人，或者百貨公司職員、攝影師等等，算是男性友人很多，但真正要好的頂多只有四、五人吧，不過我沒跟他們上床。

我喜歡碧姬．芭杜，刊有她照片的電影畫報或寫真集到現在還留著，在那空白頁寫有BB的名言。

「我這人，其實很害羞。」

2

我用黑白格子圖案的浴巾擦拭身體。

我發現「人為了幸福應該離婚」（「幸福」這二個字，替換成「自由」亦可），是在我洗完澡在鏡前擦身體時。

因為我這三十五歲的身體，閃閃動人的三十五歲，非常美。或許我只是像暢飲白蘭地般啜飲自戀主義為之酩酊大醉，以前和阿剛在一起我曾以為當時是人生最美的時刻（不過更早之前的二十一、二歲時亦復如此）。

如今，我覺得現在才是我的人生中最美的時刻。無論是脖子的線條或肩膀的弧度（就以前的標準看來，想必多了一些贅肉），我自認為，嗯，這樣很好。

以前，阿剛命令我：「妳絕對不可以變得更胖或更瘦。」

如今想來，很想唾棄他。

（說什麼鬼話，哼！）

他那種態度其實是一種親暱的輕侮感。現在我才知道，阿剛刁蠻地玩弄我的身體，不是基於他的愛情而是出於占有欲，是出於「中意的東西就想蒐集」的蒐集癖。不過我倒也不會因此就看不起阿剛，「也曾有過那樣的事啊」的懷念占了一半，畢竟阿剛已是「彼世」的人了。

況且不只是蒐集欲，毋寧該說，阿剛對我的身體也有種執著。因為阿剛和我是那方面「契合度極高」的同志。

（否則當初根本不會「結婚」。結婚是在雙方精神與肉體的契合度都很高的情況下才做的事，只因結了婚就抱著不切實際的希望以為契合度會變好，那是不對的。千萬不可掉以輕心。撇開精神不談，肉體是誠實的，敷衍或花言巧語哄騙都無效。而且「女人」總是堅持肉體也是精神的一部分，精神也是肉體的一部分，所以我認為尤其是「女人」絕對應該在婚前試車。按照芽利的說法，「打從第一次離婚後，我就一直在試車。」她笑著這麼說。

當然就算一輩子都是試車人生、試走、試運行、試成品、考試人生、臨時執照人生、試毒人生、試驗人生也是一種樂趣。但「結婚」本來也是試驗人生啊——這年頭的年輕孩子或許會這麼說，像我就曾經這麼想過，不過，即便如此「結婚」與同居還是不同的，「結婚」要分手時更困難。倒也不是因為舉行過有五百名賓客出席的盛大婚禮，而是「結婚」背後有數百年的傳統思想撐腰，要和這玩意打一架很麻煩，所以最好還是先仔細考慮清楚，確定彼此真的很契合再結婚。畢竟一個人和傳統對抗實在很費力。）

撇開那個不談，我把格子浴巾纏在腰上，走進廚房從冰箱取出冰透的化妝水。沾溼化妝棉後，輕拍臉部與頸部。臉部與頸部、乃至裸露的肩膀至手臂，就像檜木細緻打磨過的色澤，或者，是剛切開的奶油色，總之是黃種人最美的膚色，肌理細致的皮膚隱約浮現一層透明薄膜似的油脂，發出耀眼的光芒。

相較之下，胸部、肚子、大腿都是雪白的，但被洗澡水的熱氣蒸得泛紅，好像出現不均勻的深粉紅色，隨著泡澡的熱氣褪去，這才漸漸恢復原有的潔白。如此痴迷望著自己的美麗身體，我懷疑自己或許像芽利一樣有點女同的傾向，那倒也好笑。

在過去的人生中，我可從來沒有這樣對自己的身體滿意過！

年輕時，鏡中的自己愈美，就會愈煩躁。因為年輕時太貪心，只會想到，這麼美的時候居然沒有男人來欣賞！不趕快給男人看未免太可惜！

所以心情急躁，無暇欣賞自己的身體。一心只想展現給別人看，而且很想知道每一段時期愛上的男人會怎麼看自己，渴望在那個男人的眼中看到讚嘆之色，於是滿腦子只有那個念頭，成天只想著小乳房小屁股、修長又有點粗、結實的脖頸優美的線條是否有男人注視。真膚淺。

啊！年輕的時候為何那麼三心二意，那麼容易分心，成天煩躁不安！

那樣子根本不可能真正享受人生。

我吃吃地笑。

和阿剛在一起，只要看到他對我滿意就開心。況且，我也喜歡阿剛健康到粗野的肉體。

（彼此都有好身體真是太好了。）

這麼互相讚嘆的男女，就像灑上自戀這種黃豆粉食用的麻糬，非常美味。相對的，一旦感情失和，那種甜膩會令人作嘔，厭惡感倍增。

與阿剛的婚姻快結束時，我已對和他同床，以及他粗野的肉體美失去興趣了。就像失去食欲胸悶反胃。我無能為力，但是對別的男人也沒胃口，我罹患了愛情的胃弱症。

當然在我身邊也有好朋友（例如年長的企業家中杉氏），這種人往往成了取代胃散的良藥。

在那段婚姻生活的尾聲，肉體美早已消失，若再持續下去，女人只會提早衰老。老倒是無所謂，但心境也荒蕪蒼老就不太好了。年華老去應該像芽利那樣，宛如象牙工藝品「帶著歲月的朦朧霧氣，無聲地靜靜泛黃」才對。

若是煩躁不安地任由心境蒼老，那不是「老去」，只是所謂的「變成老太婆」。

而且，這種「變成老太婆」的情形人人皆有可能發生，而象牙工藝品似的老去卻很困難。不是誰都做得到的。我在鏡前看著自己的身體，「哇，怎會這麼美。妳看妳看。」自言自語著。

這樣日積月累之後，或許會有比較美好的「老去」。

連自己都不愛的女人，只不過是沒有香味的花。

因男人的讚美而變美，這種情形的確有，但「閃閃動人的三十五」，是自己對自己的讚詞。

但如果太露骨，或許對鏡自我陶醉地起舞時，只會變得鏡中什麼也沒顯現，像吸血鬼城堡的居民……

算了，無所謂。

反正目前我還不認為自己住在吸血鬼城堡，也不至於不要男人，只不過現在正在細細咀嚼「獨居生活的幸福」……

就這樣像芽利一樣老去也無所謂，我暗想。雖然誰也不知道芽利到底幾歲。

「總之她絕對不可能低於五十六歲，這點我敢打包票。」

身為同行的插畫家夏木阿佐子偷偷這麼告訴我。與其稱她是插畫家，現在毋寧是以電視藝人的身分走紅。

細細咀嚼「獨居生活的幸福」，就這樣變成五十歲、六十歲、七十歲，或許最美好。愛男人又能嘗到「獨居的好處」豈不是太棒了。

以前，在學校念過《徒然草》這本書，裡面寫到：「男人最好不要有妻子，『保持一貫獨居』聽來比較深奧高雅。」

這放在現代根本就是說女人嘛，對吧……

那個女人，究竟有沒有情人!?一邊這麼挑起人家猛烈的好奇心，然後還一本正經地說：「我保持一貫獨居。」

這樣大言不慚多好。

就像芽利，如果聽到人家說她是女同志應該沒男人，她會很氣憤地說：「沒那回事，我連廁所都做了兩間。」

在上六那棟大樓的頂樓是她的私人空間，裡頭的確有兩間廁所，用紅漆在門上分別寫著：「夫人」與「老爺」。

（我的公寓廁所是兩用式，芽利比較大手筆）

看似兩人同住實則獨居，那固然也很有趣，但我即便兩人同住，還是喜歡堪稱「一貫獨居」的狀況。不要整天黏在一起比較好。

《徒然草》中提到，「即便再好的女人，若從早到晚與之形影不離，肯定還是很無趣，會心生厭煩，對女人而言那種心情也很可憐。」

這完全是我的心情寫照，即便對方是再好的男人，如果從早到晚跟他面對面，我一定會不知如何對待他。

《徒然草》又說：「若聽說男人已婚，不免對那個男人湧現輕蔑，有點看不起對方，心想反正一定是迷上不怎樣的女人。如果那個妻子意外是個好女人，就在旁邊暗自嘲笑，認定男人一定是把妻子當祖宗似地供奉在頭頂上小心對待。或者，那個妻子若是賢妻良母，把家裡打點得井井有條，非常勤快，那就更不是滋味了。聽到別人有了小孩，夫妻倆悉心撫養，那簡直是窩囊透頂。男人的好處就此全數消失。可見女人對男人而言，只會降低男人的價值。

男人死後，女人（通常都是女人比較長壽）成了尼姑，醜陋地老去，實際上，直到男人死後，女人都很卑賤。」

兼好（註一）這位和尚似乎真的很討厭女人，想怎麼批評就怎麼批評。這可是《徒然草》裡寫的。

原文寫（男人）「亡故後猶然卑賤」，是那種很受不了的口吻。

照現在的我說來，應該把男女立場調過來想。好女人結婚成了平庸的妻子、平庸的母親，嘴裡哄著小孩「乖喔乖喔，啊巴巴」變得很低能。要這樣當然也行，就像我的老朋友三浦美美，一心溺愛寶寶，抱著豁出去的感覺脫離「好女人」的戰隊。男人也是——以前我在美美的丈夫三浦五郎單身時，曾經為他痴迷，但有了家庭後的他，把寶寶秀給我看，還說：「七個月又十八天大。」把寶寶當成命根子。

雖非《徒然草》，但他完全是書中描寫的狀態：「毫無價值徒招輕蔑」、「令人惋惜」、「窩囊」、「卑賤」。

不過那也無所謂，畢竟不是我的男人。

也不是我的寶寶。

想著這些，任由早上泡澡的熱氣褪去，在客廳懶洋洋地讓夏天的晨風吹過，那樣的時光是我最愛的。實在同情像芽利那樣有低血壓，尤其在夏天早上爬不起來的人。

我與低血壓和高血壓都無緣，沒有手腳發冷也沒有便祕的毛病，不會肩膀僵硬更不會經痛。

（太健康就不可愛了。）

我健康得甚至被芽利如此譏嘲。

不過也有身體雖健康卻滿嘴牢騷的女人，不見得健康就一定好。

真正的健康是有餘裕的。

在某種程度是健康的，並且衷心感謝自己被賜與某種程度上的健康——我指的是那種餘裕。感謝誰呢？想必這時候應該搬出上帝或佛祖、祖先，但關於那部分只能說留待日後好好整理思緒再一併感謝。

註一：吉田兼好（一二八三——一三五二），鎌倉時代末期至南北朝的遁世者、隨筆家，著有《徒然草》。

我每週會去一次體操教室，雖然體態維持並非得力於此，但我的身體線條沒怎麼走樣，現在也穿得下以前的衣服。

我的髮型也一直維持短髮，即使頭髮弄溼也一下子就乾了。至於化妝，我與碧姬．芭杜有同樣的想法。

「我的美容祕訣就是化妝不超過五分鐘。」

ＢＢ如是說。

我只穿了可收入掌心的比基尼型小內褲。至於可以穿脫自如的洋裝，是純棉的白色長裙，很寬鬆所以非常通風涼快。我算是相當早起，因此混到現在也才早晨八點半。接著開始工作。收音機的ＦＭ電台一直開著，我叼著彩色鉛筆，在粗糙的紙上畫畫，或者把忽然想到的念頭寫在其他紙上。

我到處應邀寫雜文與短文，不知不覺累積了一堆，後來由首都的出版社出版成書，因此我養成了有靈感就隨手記下的習慣。反正到處亂寫也沒人偷看。

（啊，這不叫幸福還能叫什麼？）

在我很年輕的時候，如果自己不去移動就永遠只能杵在原地，我會覺得很慘淡不幸，我將之稱為「北極的寂靜」，視為孤獨的象徵為之痛苦，但現在不同，把什麼東西忘在某處，之後它又意外出現時……

（啊，對了，昨天我好像隨手就放在這裡了。）

想起之後，欣然接受，忽然對這種小事感到強烈的滿足。我當然也不是百分之百自由的女人，但欣然接受，是醒悟到自己的自由。因為結婚時，即便有無法接受的事，多半也基於「溫柔」硬是逼著自己假裝接受。

我邊這麼想，邊啦啦啦地哼著歌，驀然想起之前吃早餐（包括一片土司與半熟蛋與紅茶，以及澆上大量冰牛奶的草莓）時，看報紙覺得不對勁的地方，這時才恍然大悟，於是一個人放聲大笑。

那是報紙的讀者投書專欄，有一名年輕男子投書。他說人們拘泥於曆法上的佛滅與大安、三鄰亡（註一）太奇怪。老年人也就算了，犯不著連年輕人都遵守那個，喜宴會場也是在大安的日子到處客滿，佛滅的日子卻門可羅雀，對年輕人很不合理，他說將來

註一：皆為日本舊曆中的名稱。「佛滅」是大凶日諸事不宜，「大安」是諸事皆宜的大吉之日，「三鄰亡」據說最早是寫成「三輪寶」乃破土興工的吉日，後來成了「三鄰亡」反而變成破土興工會禍及三戶鄰居的凶日。

自己結婚時，絕對會選擇佛滅那一天。他的語氣非常逞強，但我想這應該是十六、七歲少年的投書。

起先看到那則投書，我只覺得有點奇怪，後來埋頭工作之際才恍然大悟，他只是斤斤計較人們拘泥曆法之事，對於舉行婚禮和婚姻卻毫無意見。他還是打算舉行婚禮，對這方面他並不質疑，或許是因為他才十六、七歲，不，男人或許多半如此。

那種口吻的逞強方式與思想的保守性太不協調，一讀之下，才會讓我覺得怪怪的，於是想起來不免失笑，不過歸根究柢，那也是當然的，「保守性這種東西，本來就會逞強。」我忍不住如此自言自語。

以前，我以為一個人住太寂寞才會自言自語，但現在是很開心才會自言自語。甚至可以說，就是為了保留能夠自言自語的樂趣，我才會選擇獨居。

在我的工作桌旁，是寬闊的作業台，這是連同櫃子一併請人用白木做的，櫃子塞滿了布料、蕾絲、整盒的珠子、做到一半的人偶等等，漿糊與螺絲起子、鐵絲及錐子、線鋸、鉗子、鎚子這些工具則放在最下層的架子。我開過兩次人偶個展，每次都全數賣光，所以手邊已沒有剩下的作品。當初我搬出阿剛家時，想到阿剛母親生前很喜歡我做的人偶，本來想帶走，但她去世後人偶也不知塞到哪去了，在阿剛的御影老家也沒看到。

不過，一無所有，或許才是好的。我把皮草和珠寶這些阿剛買來送我的東西都留下，阿剛後來也沒要我帶走。

原本擁有過什麼，我已忘了。

就像看著阿剛的睡臉油然產生「惹人憐愛」的憐憫心態，同樣地，當日無論他買多麼昂貴的東西給我，我也依稀感到，就是和自己不搭調。

後來果然成真，原來真有預兆或預感這回事。

芽利說：「妳太沒欲望了，起碼偷一顆鑽石也好呀。」

因為我說他曾買價值一千五百萬的鑽石給我。「偷」這個字用得妙，碰上那位看似精明的律師先生，八成會像他說「在這裡蓋章，在這裡簽名」一樣，要我「快，交出鑽石。」

不，唯有一樣，是我從阿剛家「偷」來的，正確來說是不小心「夾帶」在行李中。

那是瑞士製的大型金色女用懷表，是阿剛送我的生日禮物，附帶音樂鐘功能，當它一響，懷表表面畫的女人就會摘花，少年會伸手摘蘋果樹上的果實，小河流水潺潺。小河貼有閃閃發亮的金屬，當它一動，看起來就像波光粼粼。這個懷表我和阿剛都很喜歡，當時我本來打算還給他，打包行李時，拚命找了半天。但到處都找不到，只好放棄就這樣離開，過了半年才赫然發現它混在衣箱中。我心想犯不著現在再送回去，於是就這麼留下來，但它並不會帶給我不快的回憶，所以現在依然是我的心愛之物。

不說不快的回憶，若真要談到不願再想起的東西，首推那透明的黃色貝殼形香皂，還有嬰兒腦袋那麼大的海綿、雪白的浴巾、粉紅色的浴缸等等。

那些在過去日常生活中經常使用的物品，如今我只想完全擺脫，因為那會令我想起阿剛。

我現在用的浴巾是象牙白，而且我一個人更喜歡質樸的生活、簡單的生活、像卡通《小天使》那樣的生活，所以我已不再使用昂貴的進口貝殼香皂。

對了，有人說我做的人偶神情也變了。最近開發出好黏土，而且顏料也有了驚人的進步，因此人偶的臉孔與手腳自然與以前不同。

「人偶的表情變得開朗了。」

百貨公司的畫廊負責人說。

我有位粉絲是住在關西的作家夫人，她買了我以前做的人偶，和我最近個展的新作比較後，「氣質變得更平和。」她說。

於是，我去她家一看究竟。

「啊！」

我當下失聲驚呼。我以前做的人偶，居然有種奇妙的、不知是含怨還是執拗，是彆扭，亦或是可悲，露出小孩被欺負的表情。

「咦，這些是我做的嗎？我拿回去重新調整一下臉部吧？」

說著，我抓起那個人偶仔細打量時，「天哪，那可不行，太可怕了。請妳別說得像K醫院一樣！」

夫人一把將人偶從我手上搶回去。

所謂的K醫院，是謠傳病人明明很健康也會被開刀割除某個部位的黑心醫院。

「這孩子就是這樣才可愛。」

沒小孩的夫人小心翼翼地讓那個人偶坐在椅子上。

我親手做的人偶，在襯裙的肚子部位都會繡上「NORI」或「NT」（註一）代替親筆簽名。現在也一樣，不過我真的沒發覺人偶臉孔居然會有這麼大的變化，著實嚇了一跳。

與阿剛在一起時我才不做什麼人偶。所以那都是更早之前，在我處於饑餓狀態、乾渴狀態時做的人偶。作品這種東西，果然是作者的人生寫照。

夫人說它可愛，或許是出於「有缺陷的孩子最可愛」這種心情，至於後來的人偶（那是最近的作品，因此我個人也很喜歡），其實她似乎也認同那是好作品，但她說：「孩子們會吃醋。」

因此她絕口不提哪個最好。所謂的孩子們，當然是指人偶。

不過總而言之，我的作品有了固定的粉絲，那讓我得以自言自語，得以啦啦啦地隨意哼歌。

人偶的臉孔雖然氣質改變了，但本來，我最喜歡的或許還是自己？或許我固執地只能愛自己做的東西？我不禁如此思忖。

碧姬．芭杜說：「成功的祕訣，就在於頑固。」

3

金井哲開車來接我時，我還在工作。我正用粉彩蠟筆創作給兒童看的畫。

金井哲不喝酒（應該說他不能喝。即使只是用水稀釋的啤酒他喝了也會臉紅），所以有酒會時，讓他開車接送最方便。

他經營童裝公司，年已四十，卻始終未婚。他母親掌管公司大權，至今健在，這點每每給阿哲的婚事潑冷水，令他終於拖到四十歲。

「嗯，你們這樣或可稱為密室的母子？」

聽我這麼一說，「白痴。」阿哲說，老實講，讓女人以為他是媽寶不能結婚，好像是阿哲耍的手段。他的身材矮胖，頭頂已有點稀疏，而且最近（就在一、兩個月之內）變得更嚴重，已經成了地中海。

「這種禿法和我死去的老爸一模一樣。」

阿哲如是說，但話中帶著相當愉快的情緒。

註：NORI是「乃里」的日文發音，NT是「Noriko Tamaki」（玉木乃里子）的縮寫。

「不見得頭上有毛就一定好。」我說。

「我也這麼想。這種少年禿會讓女人安心跟隨。」

在阿哲的敘述中，從頭到尾，談的全是女人，「你的腦袋就只會想女人？」

「菸酒不沾的人，除此之外還能有什麼樂趣？」阿哲滿臉不可思議地說。

我受阿哲的公司委託設計童裝，想了各種設計，就此與他結緣。但照我說來，像阿哲這種大嘴巴，來往的對象本就有限。他和我在一起時，完全在聊天。我和阿哲並無男女關係。

不過，我與阿哲很聊得來，尤其在「認為現在最好」這點，簡直是同一人種，所以我與阿哲兩人一起取了別號。

我是「無前」，阿哲是「無後」（註一）。

我與阿哲並非醉心於什麼藝術作品，所以取這個別號與俳號、筆名、畫號一概無關。

「人生是以遊玩為目的。所以，或許該稱之為遊號吧？」阿哲說。

我問：「既然是活得快樂，那應該叫做樂號才對吧？」

「也可以用在生意上。名字本來就是一種符號嘛。金井無後。」

「玉木無前。」

說著二人相對大笑，我們就是這樣的朋友。

若說男性友人分為很多種，我們這樣絕對是同學關係，不過和老同學或許還可能一不小心上床，我與阿哲卻絕無此意。

他有張肉嘟嘟、紅光滿面的臉孔，好像已吃遍美食，肌膚潤澤，發亮的小眼睛陷在肉裡，雖非帥哥，卻有極富魅力的嘴唇。而且照我說來，那是同學的魅力。

「什麼嘛，真無情。妳為何就是不懂男人的魅力？」

阿哲遺憾地說。但男人之中最上等的，其實是同學的魅力喲。

阿哲已有小肚子。而且說到他走路的方式才妙呢，如果在街角遇見他，先出現的是肚子，然後只見他甩著雙手保持平衡，抖呀抖地猛然伸出胖胖的小短腿，挺起胸膛走路。同時，阿哲最大的特徵，就是他的穿著品味也很糟，令人直想嘆氣。

註一：「無前」是無將來，「無後」是無過去，意指活在當下。

在商場上他很有眼光，公司賣的童裝很賺錢，但說到個人穿著就是另一回事了。他會穿著紅綠格子襯衫，搭配紅領帶與奶油色西裝……

我是村中第一
號稱最摩登的男孩……（榎本健一的〈時髦男〉）

完全是這首歌的寫照。

再加上，最近他還在鼻下蓄起小鬍子。

不過今天的阿哲，紅色夏威夷衫配淺色成套獵裝，倒是打扮得很正常。照阿哲的說法，他之所以打扮成鄉下紳士，簡而言之，「是為了讓女人產生優越感，以便趁虛而入。」

但我不知阿哲是否真如他所吹噓的一一擄獲女人。因為阿哲雖然有錢卻很摳門（小氣）。

他力陳自己絕非小氣，但我記得有一次，他吵著要請我吃肉，結果我跟他去了一看，是有吧台的牛排館。我欣然坐下後，阿哲打開手上的紙包，把他在超市買來的兩片牛肉交給廚房的年輕人，說：「這個幫我煎一下。」

老闆從裡面出來求饒，「大哥，拜託饒了我吧，空閒時倒還無所謂，現在生意正忙，您自帶食物進店，實在是折騰人啊，大哥。」

阿哲坦然自若地把肉搶回來，重新包好，「開玩笑的啦，我當然知道不行。」臉上卻毫無笑容。

「那就來兩份牛排。」

他重新點餐。既然如此一開始好好點餐不就沒事了？我覺得很丟臉，甚至不知吃下的東西進了哪裡。

「說什麼傻話，那種事反正說出來碰碰運氣也不吃虧。」

阿哲邊咬著店裡提供的牙籤邊這麼說，「就像追求女人也一樣。不說說看怎麼知道行不行。」

其實阿哲在帝塚山擁有豪宅，據說還有池塘與假山的日式庭園，週日經常在院子的茶室舉辦茶會。阿哲好像也會親自到場，所以說真的，我實在搞不懂男人。圍著高欄的廊簷下就是池塘，據說躺在和室可以觀賞鯉魚。

阿哲卻說，「那種破房子，沒救了。」

重點是，每天吃好吃的，又有女人可玩，能夠自稱「金井無後」是一種幸福。

「你今天很正喔，阿哲。」我說。

「對吧。」

阿哲得意一笑，脫下獵裝外套。

本以為只是鮮紅的夏威夷衫，沒想到背後還有站在山頭吠吼的猛虎，頭上是一彎新月，「哇，你這樣好像道地的流氓兄。」

「是女人送給我的香港紀念品。」

「嗯……」

我只能如此反應。

無後哲見我化妝也跟來化妝室，我把手上的東西塞進皮包時他也在旁邊打轉，幸好我更衣時他總算沒繼續跟著，不過他體型雖胖，倒是很靈活好動。

「雖然戲稱無後，但我真的快到了沒女人的時候，乏人問津絕後了，乃里妳來陪我吧。」

他不停地囉唆，雖然很煩人，但我知道說那種話的他其實很高興，我倆對那種玩笑很有默契，所以我喜歡無後哲。就算是同學等級的友情，也不是那種互相比較小孩的成長、炫耀配偶成就的交情。只是嘴上喜歡講講葷笑話，這樣就好。

這種男性友人的使用方法或說享樂方式，唯有離婚獨居才會懂。

我與阿哲一起搭公寓的電梯下樓，走向地下室的停車場。

「雖然號稱無前，但來生的另一世若也是這種狀態就好了。」

「那要看乃里妳自己。不珍惜此世的人，也不會珍惜下一世。」

「哼。」

無後哲偶爾也會說出警世名言，但他好像不是很清楚自己在說什麼。

心齋橋筋的東邊下一條街，最近被人取了歐洲街這個時髦名稱，其實當地亂七八糟，而且和神戶的異人館街不同，路很狹小車子卻多（我們也是開車進入），很嘈雜，疊屋町筋的大樓二樓就是畫廊所在地，我在那裡下車。

阿哲把車停到附近的停車場。

這一帶真的很亂，但我現在開始愛上南區。以前與阿剛在一起時，我很少外出。因為阿剛不喜歡外食，而且他也不讓我一個人出門。

即便偶爾外出，多半也是去北區那種高級會員俱樂部，挺無趣的，再不然就是在御影的家中接待來客——我等於是阿剛他們家的公關人員或是陪酒小姐。

為何會過那種生活？

只因為喜歡阿剛？

人若有心還真能做出意想不到的事呢，我感嘆。現在就算有人要給我月薪一百萬，我也不想過那種生活。

心齋橋的崇光或大丸百貨後面那一帶，不知誰先開始稱為歐洲街的。

「真丟臉，是誰這麼喊的？」

阿哲也笑著這麼說，其實這條街並沒有成排的歐式房屋，或是在街區設計上走歐式風格。也不是因為賣的都是歐洲貨。

只不過是因為和隔著御堂筋對面的美國村比起來，這邊的店面與樓房走的是比較高級的時尚路線，並且零星散布各處。

街上也有烏龍麵店和米店，夾在中間的卻是精品店，就這麼亂七八糟混在一起。這點頗有大阪的南區風格。

皮草店的對面是賣關東煮的，還貼著「**酒・菊正宗一合二五〇圓**」。

米店的米糠味，以及烏龍麵店的高湯味飄散，傍晚天空有五、六隻鴿子成群結隊咕咕叫，待在麵店的屋頂上，若問這有哪一點像歐洲（ヨーロッパ）街，得到的答案是：「因為街道呈ヨ與ロ字型。」

這一帶就像棋盤格子，心齋橋筋、疊屋町筋、笠屋町筋、以及周防町通、東清水町通、大寶寺町通、鰻谷中之町通（在大阪，南北向的道路稱為筋，東西向的道路稱為通），這些道路整齊交錯，所以如果一一造訪這一帶零星散布的服飾店，聽說就會走出「ヨ」與「ロ」字。

「那帕（パ）是什麼？」

也有人這麼問。

關於這點，芽利說：「或許是『啪』一聲大手筆揮霍？」

芽利名下的大樓靠近對面的美國村，比歐洲街的時裝大樓「Galba 21」小。

流連美國村的年輕人，有黑人爆炸頭也有衝浪休閒風，還有竹子族（註一）風，賣二手衣與小飾品的店家也把櫥窗布置弄得特別鮮豔花俏，所以有點美國風味，但在歐洲街，一切才剛起步。

「這裡為什麼會叫歐洲街呢，奇怪……」

很多人有這種疑問。

不過，我覺得只因街道看似「ヨ」與「ロ」形就叫歐洲街不也挺不錯的？我替從東京過來辦公務的人導覽，「你看，這樣走一圈，就等於走了一個ヨ字。」我喜孜孜地說。

在大阪，北區與南區的氣味截然不同。常聽人說南區雜亂無章充滿庶民氣息，但小店很多，人情味濃厚。

此外，走在南區的人，看起來都有點疲累。時值傍晚，還很亮的夏日天空已點燈，但這種時刻，北區的鬧區正充滿活力，不斷湧來更多人潮，而且大家都颯爽有勁。

不管怎麼說，起碼這點就不同。

一方面或許也是因為北區上班族較多，奔向鬧區歡場的腳步非常有活力，而且神情也充滿自信，是標準的菁英上班族作風，洋溢颯爽的精力。

在南區，或許因為多數人喝酒得要衡量自己的荷包，總覺得步伐消沉拖沓，既然累了不如早點回家，但很多中年大叔偏偏不肯回去反而四處徘徊。

但我只要在南區走一走卻會精神一振。

這一帶堪稱我從年輕時的地盤。以往昔的標準看來，河川填平後雖已風貌大變，但近一年來，我漸漸找回對此地的熟悉感。

我沒等阿哲就想往畫廊走，比我先上樓梯的彪形大漢，看到我後莞爾一笑，替我拉開畫廊的玻璃門。

此人身穿舊牛仔褲，藍T袖，腳上的球鞋還很新。

畫廊擠滿了人，接待處的人說我用簽字筆或毛筆簽名皆可，於是我用簽字筆寫名字。在我後面的男人，沾飽墨汁大筆一揮，名字幾乎橫跨一整頁，筆法一看就很樸拙。

註一：竹子族亦稱竹筍族，指奇裝異服在戶外跳街舞的年輕人。盛行於一九八〇年代前半東京原宿的步行者天國。

「關口兔夢」

他如此寫下，字跡奔放瀟灑，我一看就愛上了。

「……太大了。」

男人自言自語，彷彿是毛筆自己身揮灑過度，人力難以遏止，是一種不可抗力似的，而在那兒感嘆。

男人的腕力相當了得。

不過相對的，他的聲音倒是毫不修飾，有點輕躁（也可說是輕挑）。

男人打量自己寫的名字，最後猛然在「兔」這個字的右上角又撇了一點。

隨後他發現我盯著字看。

「每次都想著要戒掉，可是還是忍不住要撇一點。這是壞毛病。」

「那樣就不是兔字了。」

「沒錯，但就是忍不住順手一撇，沒辦法。」

見他低下頭，看似柔軟、偏長的頭髮已有點白，就像無後哲一樣，頭頂稍顯稀薄，可見此人已經不年輕了，但我看不出他到底幾歲。

我與「關口兔夢」一起走進會場，首先兩人都拿了一杯酒。開個展的當事人身邊圍繞了許多人，我們決定先去壁龕（那邊掛著小品），兩人單獨聊了一會兒。

他說：「字寫得規規矩矩就不自由，沒意思。」

如果不撇個點或是加個「辶」字邊、添一橫、畫一豎，指頭好像會發癢。

他說曾對認識的書法家這麼提起，據說對方回答：「照你想的去寫即可。」

「後來我就放輕鬆了。想寫時就儘管去寫。」如是云云。

面對這麼一個彪形大漢，我必須仰著頭說話，但不知為何他的存在感稀薄，體態顯得平易近人，毫無壓迫感。或許是因為他那隨和的大阪腔與軟綿綿的口吻，以及沒什麼男子氣概的聲音。他「嗐哈、嗐哈、嗐哈」地笑了。

「如果寫得太自由奔放，俗人會看不懂吧？」

我擔心地說。

「的確有可能看不懂，別人笑我還不如用畫的。但我的畫，和這種不同，很抽象，更讓人看不懂。嗐哈、嗐哈、嗐哈！」

他所謂的「這種」，是因為這次個展展出的畫作偏向具象。這下子，我才知道他也是畫家，但沒聽過他的名字。說不定是自己太孤陋寡聞，才會沒聽過。

「……某某先生從西班牙回來後，畫風就變了。」

男人如此評論個展主人，話間仍不停喝著威士忌。被他握在巨掌之間的酒杯顯得非常小，原來如此，那麼小一杯酒，就算再喝多少杯，的確應該沒什麼影響，不過他拿酒杯的姿勢很老練，非常自然。

無後哲過來了，天氣很熱，因此他把紅色老虎襯衫全都露出來了。

「是兔夢先生啊，尊夫人還好嗎？最近過得如何？」

阿哲說著，重新替我介紹。兔夢氏是大阪畫家。

「這個人很會享福喔，太太出外工作賺錢，他就在家悠哉作畫。」

「我才不悠哉咧。」

兔夢氏喝酒後說話變得有點急，不過表情笑嘻嘻的，看起來更加平易近人。

他的鼻梁是高挺的鷹勾鼻，嘴巴的表情很豐富，戴著毛線帽穿長靴，我覺得他很像西洋童話故事裡的李伯大夢。

「我老婆是很勤快沒錯，但我也沒遊手好閒。我天天還得煮飯呢。」

「一定很好吃吧，你都煮些什麼？」

這種大男人若真的一手握著鍋子，忙著大火快炒，煮出來的東西想必很美味。

「唉，一般家常菜我都會做。我老婆啥也不會。兩個小孩也等於都是我在帶。」

「哦。」

「以前我都是把小孩揹在背上畫畫。如果小孩哭了，再放下來換尿片。」

「哇。」

「現在他們已經分別上小學和國中了。」

「好玩嗎？」

「好玩。我還滿喜歡小孩的。在小孩身上綁條繩子另一頭綁在柱子上，一邊看小孩一邊照樣可以工作。不過我去美國那兩年，是我老婆在帶孩子。」

之後，另一頭有人喊我。

「我失陪一下。」

我放下杯子走了過去。年老與變得像歐吉桑是兩回事，我發現之前那句話也同樣適用於男人。即便談的是家庭瑣事，他卻毫無歐吉桑的味道，真是不可思議。

幾乎比我高出一個頭的他，握著酒杯走到房間中央，到處與人交談。有時也會一本正經嚴肅以對，但他的臉上一直貼著笑影，只聞「嗜哈、嗜哈、嗜哈！」的開心笑聲傳來。

這場個展的畫作顏色過於鮮豔，讓我有點認不出是個展主人的畫。我擠進人群中與人摩肩擦踵，一邊護著酒杯不讓酒灑出，一邊到處與熟人打招呼。

「晚安。」

「啊，你來了。」

這樣比較開心。

在會場中央，我再次撞上剛才的男人。

「這種畫很像摺紙工藝品。」

他的形容實在太貼切了，但這種評論並沒有說壞話的意味。

「玉木小姐的畫，我以前見過。」

他自來熟地對我說。

「妳開個展時，我去參觀過。」

「那是很久之前了吧？」

「大概有四、五年了。」

「哈哈，那是我結婚之前了。」

「妳結婚了？」

「已經離婚了。」

「太好了太好了。」

我是覺得很好，但兔夢氏應該不會這麼想吧？因為他愛小孩，又喜歡做家事……

「不，單身也好，有家庭也好，不管偏向哪一邊都沒啥不同吧，嗐哈、嗐哈——只要自己高興不就好了嘛。不過小孩的問題另當別論喔。妳有小孩嗎？」

兔夢氏的大阪腔有點女性化。

「沒有。有小孩比較好嗎？」

「不是。那當然是看個人情況。不過要生的話最好早點生，結婚可以晚一點，慢慢來，仔細挑無所謂，但小孩早點生的話，身體也比較輕鬆，像我老婆是高齡產婦又難產，慘叫連連才勉強擠出來。相較之下年輕人一溜煙就掉出來了。」

「小嬰兒會一溜煙就掉出來嗎？」

「也許是溼答答掉出來。」

「溼答答一泡。雙胞胎的話就兩泡。」

「也可能是滑溜溜掉出來吧，我也不太清楚。」兔夢氏說到這裡。

「哦，原來你在這兒啊，兔夢兄你過來一下。」

然後就被某人拽住手拉走了。不知該稱為西洋童話還是西洋樵夫的臉龐始終掛著笑容。

至於我，逛了一圈後落單了。會場的熟人比我想像中少，而且，我發現和我預期中的氛圍不大一樣。這次個展展出某某氏的畫作，與我先入為主的想法不同，令我十分惶惑，起先我以為是這個原因，但漸漸地我察覺到，是會場本身的氛圍讓我產生格格不入之感。

以前我喜歡這種喧鬧，通常年輕人會很多，和大家一起笑鬧著把畫作貶得一文不值，作者生氣了再反駁，感覺很有活力。

但現在沒有了。不，會場還是有年輕人，可惜我都不認識。但我也不想拜託無後哲替我介紹。

現在會場擠滿許多人，動彈不得。這間畫廊不僅有點過於狹小，人也太多。冷氣已不管用，簡直不是普通的熱，我有點心煩。

兼之，我發現開畫展的某某氏也和往日不同了。他是我的老朋友，現在看來已變得很有威嚴，舉止穩重，露出故弄玄虛的矜持微笑，我這才想到，其實我和他也已許久未見。

他已脫離昔日印象，雖說世間萬物都會變，但變得最厲害的是人。

剛才，我想向某某氏說聲恭喜，特地撥開人牆走過去，他看到我後，雖然微笑說了一聲「嗨！」但他立刻眼尖地發現我身後的某人，頓時臉上一亮。然後草草與我打聲招呼便轉過身，和那個男人熱列聊了起來。此舉讓我徹底明白，在某某氏的腦中，我的牌子究竟是掛在哪一帶，不過我並非在責怪某某氏。

只不過是因為之前我暫時遠離了這個圈子、這種團體的氛圍，讓我的直覺失效罷了。「某某氏會用這種態度對待我」的直覺，如果早點發揮作用，我也不至於吃驚了……

我在很久以前，有點喜歡某某氏，因此心裡仍殘留那樣的餘波蕩漾，忍不住露出討好的笑容。女人如果露出這種笑容，男人就算心裡其實沒那種想法，通常也會虛應一下回以同樣的笑容，但某某氏好像並沒有那種體貼。

本以為會碰面的福田啟沒來，某某氏來往的人已和昔日截然不同。我看到的都是報社與雜誌社的人，還有關西的演員或藝人，另外，也有廣播節目的當紅主持人。而且，可能是某某氏的粉絲吧，還出現了很多看似有錢的中年婦女，及來歷不明的女人。她們追著向當紅藝人與主持人討簽名。

那也是讓我感到酒會氣氛異於往昔的原因。

雖已物是人非，但夏木阿佐子來了。她穿著裸露單肩的銀色緊身衣，腳上是魔法師會穿的那種尖頭鞋，像流星般大步走跳，不時對人微笑或拋媚眼。雖然只是隔著人潮驚鴻一瞥，聽不見她說話的內容，但我完全了解。

因為那丫頭做的是跟昔日的我一樣的事。

有時略表謙虛（她的謙虛就像香水，偶爾一用連我都為之迷醉），有時拍拍別人馬屁，現在阿佐子已成為電視廣播界的當紅藝人所以充滿自信與活力，若套用我的口頭禪，她等於是：「就算去了彼世，也不可能有這麼幸福。」

很久以前，我們剛認識時，她還頂著一頭亂髮，是個很樸素「什麼都做」的小女孩。她很獨立，畫畫，賣手工藝品，努力賺錢糊口。後來她唱的〈小公寓〉這首歌走紅，如今她已不再作畫改當起藝人。住在神戶的豪華公寓賺進大把鈔票，成了四處奔波的神風藝人（註一），搭機往返東京與大阪之間，穿著與化妝都完全變了。

以前的彩色電影在宣傳時有「自然原色」這種說法，她就像是變成自然原色的蛾。

而且，她總是咯咯大笑。

這種狂野誇張的大笑聲就是她的生財工具，每當她在電視上表演這招時，總會讓觀者跟著發笑，於是收視率就會節節上升。此刻也是，她那種笑聲一出現，「啊，夏木阿佐子來了！」

註一：當紅的藝人搭計程車到處趕場時，因計程車違規超速被戲稱為「神風計程車」，故稱之神風藝人。

在我周遭也有人這麼說。

但阿佐子的改變，不在這種地方。她以前有種不服輸的衝勁很可愛，現在卻變得安分溫順，老實說出真心話。

她拿著一口也沒碰過的酒杯（為了美容不能喝。而且她的美容是商業政策取向的美容），不時會心血來潮跑到我身旁。

「乃里子，妳拿到大筆贍養費了？有錢最重要，要有錢！最後還是要靠錢，真的。」

她撂下這句話後不等我回答，又像一隻銀色的蛾翩然飛到對面去了。

過了一會，她再度蹦蹦跳跳滑行過來，把她溫熱的手疊上我的手，「妳現在還在做人偶？還在畫插畫？啊，真是夠了！那麼瑣碎的工作，我已經不行了，我做不下去了，我跟妳說，乃里，電視真的好賺多了。」

說完啪地拍打我的手。

「只要笑一下就有錢拿！說說話就有錢拿！起先我很瞧不起電視，但現在我深深覺得，不重視還真不行（咯咯大笑）。」

然後她再次不等我回答就走了。這時我在想，阿佐子改變，是因為她變得「膽小怕事」了。

以前她天不怕地不怕，有股任爾東西南北風的氣勢，但現在阿佐子好像害怕很多東西。

她害怕貧窮，害怕變得沒沒無名，害怕失去財富。

人真的會變。沒變的大概只有芽利，如果說到以前的老伙伴的話……金井哲是我最近才認識的。

而某某氏，也從剛出道的小畫家變成中堅畫家。

說到這裡，上次報紙刊出碧姬．芭杜的訪談，她在訪談中提到：「現在已不像以前那樣可以快樂生活了。為了得到自由，我看了太多討厭的東西……以前就像小女孩，無關緊要的事也可以很開心。散步也笑，跳舞也笑。那是人生最美好、事物最單純的時期。」

我並非將ＢＢ說的話一律當成金科玉律奉為圭臬，但以前，我很愛ＢＢ的電影（那時才十來歲，對電影也談不上了解），之後有十幾年，我瘋狂迷戀ＢＢ。

在我看來，那位女明星已變得有點判若兩人。

若論姿態之美，珍芳達比她更美，更何況世間美女多得是，也有演技精湛的人。BB當時人氣絕頂，任意換丈夫與情人，向全世界展現裸體，並且宣稱：「我喜歡的動物是男人與鯨魚，喜歡的場所是自己的家。」但在我看來，她是個很孤獨的女人，內心情感真摯。

我一直覺得自己很幸福（所以是「無前乃里子」），或也因此才會被這種孤獨者發出的孤獨體味撩動心弦。BB現在全心投入保護動物運動，對此我也很能理解。她在人氣最盛時曾說，她討厭宴會，也討厭出現在公眾面前。在我看來，那宛如她發出的哀鳴。

正如BB所言，大家在某種程度上，隨著年紀漸增或許都會改變。但是，說到這場酒會……

（有種不協調的感覺啊。）

老實說，我已完全失去興致。很想打道回府，遂以目光搜尋無後哲，結果阿哲那傢伙纏著一名女客人，正在揮汗泡妞。鮮紅的夏威夷衫，老虎咆哮山頭，一彎新月在右肩，他似乎就是憑著那種惡俗到令人感動的衣服哄騙女人，正在滔滔不絕說著話。

雖是無聊的酒會，不過能見到西洋樵夫兔夢氏或許也算一大收獲了。

我環視會場一圈，看不見彪形大漢兔夢氏的腦袋，遂決定獨自離開。怎會有這麼古怪的不協調感呢？來酒會之前，我本來還期待能見到久違的某人，但是來了一看，一切都令人煩悶，彷彿臼齒卡著殘渣，又好似忘了什麼東西偏就想不起來……

最後我終於想到，哦哦，對了，說來，我在當下這一刻，等於是……

（出獄了！）

我剛從人生的監獄——婚姻生活——刑滿出獄，總算是一個人了。

（我要好好品嘗自由，就算去彼世，也不可能有這麼幸福！）

我深有所感，高興得眼前發黑，但我尚未建立好與世間的距離感，所以才會對著物換星移的自由世界驚呆，我醒悟了。

（我才剛出獄！呼吸自由空氣的時間還很短。）

雖非兔夢氏，但我也同樣是大夢一場的李伯。傷腦筋，婚姻生活是何等的苦刑！經歷漫長的刑期後，回到自由世界已成了浦島太郎。

這時，我的屁股被人用力一拍。而且，伴隨「妳的脖子還是這麼好看」的聲音，被人從後面捏住脖子。

重回自由世界以來，我還不曾被男人這麼不客氣地觸摸過。好開心。獨居生活的喜悅，與被男人碰觸的喜悅是兩回事。就連無後哲也不會這麼不客氣地摸我。

我心想這是誰，原來是老友新藤守，他曬得黝黑，我幾乎認不出來。我倆握手。猶記當年，他還是個大學生，在電視台打工。之後，我去「服刑」，他大學畢業，我輾轉聽說他在一家頗有規模的公司上班，但他很快離職，現在成了電視劇作家。我在「監獄」津津有味地觀賞他的連續劇《你也可以再婚》（真的很有趣喔），還曾經打過電話給他。

之後，他寄來一張限時明信片，寫明某月某日的幾點，「**出來喝酒吧，在○○碰面。**」

但那晚有阿剛這個「獄卒」在，我當然無法「逃獄」。當時這種情形經常發生，漸漸地，我和昔日的朋友疏遠了。不過我當時很滿意「監獄生活」，並沒有與自由世界的朋友來往的欲望。「監獄」自有其甘美的毒素。

我很高興能見到阿守，我說：「去喝酒吧，慶祝出獄！」

「出獄？」

4

從「監獄」出來後，有很多事要做。我得恢復工作上的人脈。少了那個，我無法糊口。那是最重要的事，也是最困難的，但與之同等重要的，是找到自己的窩。「服刑期間」完全沒有屬於「自己的」東西，「服刑前」的窩，也已變了樣不再適合我。一切的一切，都已幡然變貌。真的，沒有任何一樣東西維持舊時模樣。以前常去的店，有一間老闆死了，裝潢與店員、客人都變了；還有一間是由老闆的兒子接手，變得太迎合年輕族群，令我坐立不安。還是芽利帶我去的地方最好。

說到這裡，以前我跟夏木阿佐子比芽利熟，但現在正好相反，我反而比較喜歡芽利。到底是芽利變了？還是我變了？

芽利介紹給我的那間「海豹屋」，位於從心齋橋筋過來稍微偏御堂筋這頭的大樓三樓，進去一看，時間還早，芽利卻早已到了。看起來雖是普通酒吧，但酒保與另外兩三名女孩全都打扮成男孩，倒是挺可愛的。唯有媽媽桑一襲和服，在燈下看似年輕，不過據說已經七十歲了。媽媽桑也沒隱瞞，甚至吹噓：「我從新選組(註二)時就開始做這一行了。」

「哦？那坂本龍馬也來過？」

「來過呀。那個人付錢可大方了。」

想到媽媽桑這個年紀還能精力旺盛地玩鬧，我開心得「兩眼發黑」。

店內客人只有芽利一人，我們進去後，正在抽菸的芽利很高興，從吧台轉移陣地到卡座這邊。我說明慶祝出獄的意思後，大家一起舉杯：「恭喜出獄！」

「這下子乃里跟我一樣，也有前科紀錄了。」

聽芽利這麼說實在好笑。

「阿守你也趕快結婚趕快離婚啦。」

「那麼麻煩的事虧妳們做得出來，我從一開始就避之唯恐不及。」

「不過，你的人生，今後才要開始呢……」

阿守據說現年二十六歲，接著芽利把矛頭對準我，「出獄之後，妳什麼也沒做？」

「妳所謂的什麼，是指什麼？」

「這一、兩年都沒男人？」

「光是工作賺錢就忙不過來了。哪有那種閒工夫。我費了兩年時間才讓工作上軌道。」

「不寂寞嗎？妳到底都在搞什麼？」

「這個嘛，大概是有『監獄時差』還沒調整過來吧……」

況且我正努力清除對阿剛的回憶。

「那妳幹嘛要離婚？」

阿守不客氣地問。他這種粗線條、大剌剌的態度，我很喜歡。再者，在我身旁抽菸的他，那種氣味、年輕男人看似精力旺盛的熾熱氣質，宛如活力反射般撩撥得我心癢癢的，而且並不會感到不快。與無後哲不同，他是另一種好「朋友」。

「沒有什麼離婚的理由，只是想這麼做就這麼做了，事事皆如此。」

註一：新選組是江戶末期由浪人組成的武力組織。

芽利的聲音沉靜細小，卻依舊清晰傳入耳中。是纖細卻充滿穿透力的聲音。如此溫文柔和的芽利卻接著問：「妳最後一次做愛是幾時？」

語氣就像在問：「要再來一杯嗎？」

「呃，是幾時來著的？……」

我思索之際，「白痴，那種事別說出來啦，笨蛋。」

阿守伸臂過來摟著我的背斥責我。

「反正，妳肯定會裝模作樣說什麼兩、三年前吧。」

「那本來就是真的嘛。」

「那就像一種習慣……」

芽利細聲說。單薄的法國皺綢料子做的灰白色洋裝輕飄飄貼在胸前，令她貧瘠的胸部看起來更貧瘠。芽利仰起梳著大包頭的腦袋說：「謙太郎，冰塊！」

「啊，對不起。」

黑領結配深藍色條紋長褲的男裝女孩連忙送了冰桶過來。這個名叫謙太郎的女孩身材有點豐腴，臉蛋圓潤，但芽利特別喜歡這個女孩。

雖然店裡還有信吉和阿宏這些高䠷漂亮的女孩，但芽利就是寵愛劉海鬈縮、塌鼻子、娃娃臉的「謙太郎」。

這種風情在「出獄」的我看來十分新鮮。不過，我並未像芽利一樣特別偏愛誰。

這時店門開了，福田啟以及兩、三名我認識的熟面孔已喳喳呼呼連袂走進來，我實在太開心了！

「你為什麼沒有去某某人的酒會？」

我這麼一問，福田啟回答今天北區也有一場宴會，所以人好像都去那邊了。大家都已喝了不少酒。

「阿守，你讓開！」

福田啟說著命阿守起身，硬擠到我身旁，「為離婚乾杯！那幅畫，妳還留著嗎？」

啟說的是我買的他某件畫作，拜其所賜，我和愛吃醋的阿剛不知吵了多少次架，現在那幅畫……

「掛在我家客廳。」

「那我們現在就去看。」

「別急別急。」

某人向我問道：「離婚之後妳最感到慶幸的，是什麼事？」

我放下杯子，「沒性趣的時候，可以不用做！」

我大吼，已經喝了不少酒的阿守隔著啟的手臂拍打我的手，「就跟妳說不要講那個！」

他怒吼著，不知怎地，「這小子，這麼害羞啊？」

被大家如此揶揄。

「哦？女人沒性趣的時候也會做啊？」

福田啟陷入思考。

「那當然。因為女人很善良。」

「太可怕了。如果不想做，直接拒絕說『今天不要』不就好了。」

「阿啟你被女人這麼說過？」

「每次都被這麼說——喂，別套我的話！」

感覺又回到往日的氛圍，我很開心。

傷腦筋。酒味終於變得甘美。冰涼涼地滑過咽喉。

店門又開了，一對男女走進來。

「咦？乃里子在這兒！」

「唉呀。真的吔。」

「哇！妳怎麼還沒死，媽的！」

聽到這話，我簡直快掉眼淚了。

略帶醉意的捲舌，鬍尖已發白的朋友臉孔，曬得黝黑頭髮理得極短的女孩，他們雖不算是我的死黨，但人生在世，還是會希望周遭圍繞這些曾帶來點點滴滴快樂時光的懷念臉孔。

那對我畢竟是不可或缺。

「監獄時差」漸漸調整過來。我起身一一與大家握手。唉，人生就該這樣才對嘛。

「好！今晚我請客，慶祝出獄，所以咱們喝個痛快吧！」

我大叫，眾人拍手。

「等一下，乃里，照這樣說的話，天啊，其實，妳本來討厭做愛吧？」

死人啟還揪著那個話題不放。

「我當然喜歡呀。有人會討厭嗎？但在監獄裡，表面上是無法拒絕的吧？這是監獄裡的基本道義嘛。」

「可是，明明討厭的時候還做，這對對方太失禮了吧？」

「對方覺得我如果拒絕他才失禮喔。」

「他是那種人嗎？」

「就是那種人。」

「看不出妳不想做只是勉強忍耐的傢伙趁早甩掉最好。」

啟這麼一說，某個男孩說：「可憐的乃里。」

不過被人這麼安慰好像也不大對。

「反正，有錢人肯定都是討厭鬼。幸好，幸好。」

眼角下垂的啟說著撫摸我的背，順手把手伸過來又摸了一下我的胸，旁邊的阿守大喝：「別挑逗，聽見沒！」

說著拍開啟的手，莫名引起一陣大笑。

「下次妳要找什麼樣的人？」

女人總愛問這個。

「我是說下一個男人的類型。」

「嗯——最好和之前的男人截然不同。」

「窮得要命。」

「年輕得要命。」

大家七嘴八舌之際，「我！」

阿守豎起大拇指比著自己胸口，於是，芽利以纖細清楚的聲音說：「唉呀，不能再找年輕的了，我告訴妳，唯獨那個絕對不行。」

「為什麼？」

「因為這年頭的毛頭小子，很難和我們這個世代一起生活。就算買來牙刷給他，他也不用。」

「我就會用。」

阿守說，大家笑翻了，阿守還在堅持：「我真的會用啦。我也會洗澡，注重衛生保健。」

「唉，那時我可傷腦筋了。」

比起阿守的吼叫聲，芽利纖細的聲音更有穿透力。

「也不洗臉，一起床，就直接喝咖啡吃早餐。即使叫他去盥洗，也只會說咖啡已經讓他清醒了所以不用洗。」

「妳到底在說誰？」

「毛頭小子呀。即使幫他在牙刷上擠好牙膏也不刷牙。」

「啊哈哈哈！」

「年輕人晚睡晚起，搞得彼此連面都碰不上。」

「也許吧。」

大家感歎。

「每次我睡得正熟時他就撲上來，我根本來不及好好地、深入地享受，那段期間，我可虧大了。」

「妳說得可真含蓄。」

阿啟居然這麼說，真好笑。

我也一邊笑，驀然，「好好地、深入地」這句話令我介懷。與阿剛的記憶似如疾風掃過，因為在我服刑期間，與阿剛上床時也沒有「好好地、深入地」享受過。那時我撇開自己不管，只顧著看阿剛的臉色。

（不、不……好像有點不妙。）

（或是，嗯，他現在很爽。）

諸如此類，我就像觀察煮得很成功的濃湯火候般小心翼翼。

我甚至懷疑自己是否真的主動渴求過阿剛，感覺上，好像只要阿剛滿足我就也滿足了。

所以離婚後我終於解脫了。

（什麼都不做也沒關係。）

（在涼爽乾淨的床上，可以安心自在地好好睡覺，而且是一個人睡。）

這點讓我很開心。每次兩人一起睡在床上，彷彿連我那份空氣都被吸走了，甚至讓我產生缺氧症。

「唉，總之年輕的千萬別碰。」

芽利如此告誡，於是我回答：「嗯——那，好吧，下次的目標，就鎖定歐吉桑吧。」

「歐吉桑才麻煩咧。」女孩們說。

我漫不經心回答：「像兔夢先生那樣的如何？他也會幫忙做家事。」

體型魁梧的他，背上綁著嬰兒，站在砧板前切東西——光想像就很幸福。

「哦哦，若是兔夢先生那誰也比不上。」啟說。

我終於感到「刑期」結束。該說是第二幕嗎？現在這樣，或許事後看來也會覺得是刑期，但至少我可以不去留意時間只管盡情喝酒。啊啊，就算去彼世，也不可能這麼幸福。

女人還是單身好。

5

我和原梢正吃著義大利麵。

地點在歐洲街和「心齋橋巴而可」這條路的交叉口，「馬契羅」這家位於地下室的義大利餐廳。

以前我很喜歡位於四橋的「羅馬」餐廳，我最愛那裡的義大利麵，一種叫作「天使髮絲」比線還細的炒麵。當然，那是我離婚後才發現的店。

店面雖小，但風味絕佳，老闆也很有品味，我覺得自己找到一個好地方很開心，但那裡現在已不太方便再去……

真的是。

人生在世，總會發生這樣子的事。（此處，或許我該像這年頭的年輕人一樣寫成「醬子的事」。因為，這種我從未體驗過的、初次經歷的驚訝反應，比起常識性、日常化、曝露小市民教養的「這樣子的事」，畢竟還是用不合常規的「醬子的事」來形容更貼切。「天啊怎會有醬子的事……」我在那間餐廳闖了一點禍，之後再也不敢去那裡了，事情就是這樣。一個人生活，往往會遇到微不足道的好事，相對的，往往也會發生許多事必須以「那算什麼嘛。哼」的感覺厚著臉皮毀屍滅跡。而女人的人生，比起男人，多的是得以「那算什麼嘛。哼」的態度、厚著臉皮裝作若無其事的情況，是一種比男人更難生存的種族。）

對於那間「羅馬」餐廳，其實現在若以「那算什麼嘛。哼」的態度厚著臉皮繼續光顧當然也行，但所幸我又發現了「馬契羅」餐廳，所以就只去後面這家了。這家餐廳是原梢介紹我去的。

原梢以前與福田啟同居。她經營鋼琴教室，是鋼琴老師。

她是個身材高䠷、表情嚴肅的中年女人，總是腰桿挺直頗有威嚴。顴骨突起嘴巴極大，但聲音清亮溫婉，說話時看起來很美。

以前，我覺得原梢是個難以親近的女吸血鬼。她偏好年紀比她小的年輕男人，而且最愛在那種不知將來是否會成大器的年輕畫家或雕刻家身上砸大錢。他們只要稍有出息，據說就會在某天宣稱「我去剪個頭髮」就此離家，從此一去不回。那樣的故事我曾聽原梢的舊友中杉氏提過。

所以我以前以為原梢是個人生荒蕪淒慘的女人。與她相識時，我和阿剛正恩愛，過得很幸福，所以我抱有一點優越感看待梢。不知何故，女人對同性抱有優越感時，多半是自己生活安定，或者有一個固定男伴的時候。

而且當時我喜歡中杉氏這名中年企業家，偏偏原梢似乎也對中杉氏有好感，所以或許在無意識中也對她產生了較勁心理。

（中杉氏是阿剛同行的朋友，在我與阿剛離婚後，生活圈截然不同，再也沒機會碰面了。）

當我離婚後，與啟重逢時，他已和原梢分手，和別的女人結婚了。

也就是說，啟或許總算成為一個成熟的人了。然而，啟還是與原梢很要好，說不定，他們之間還藕斷絲連。

「喂，你老婆知道你以前和原小姐在一起嗎？」

我調侃啟。

「不，別欺負我了。我向來不去想太複雜的事。」

啟蓄著鬍子的臉皺成一團示弱，一再重申：「還是別去想太複雜的事比較好。」

最後他還補了一句：「不過幸福的人總是喜歡思考複雜的事。」

啟或許只是隨口說說，不過就像「無後哲」不時也會不自覺地說出意義深遠的箴言（疑似），令我有點佩服。因為幸福的人很閒，所以似乎特別喜歡去碰觸各種不碰也行的問題，故意挑起本來不必認真的問題。

總而言之，現在啟也化為蝴蝶或飛蛾自原梢的身邊飛走了。我曾以為原梢值得同情，值得憐憫，因為她總是運氣欠佳抽到下下籤，被人踐踏到底，她已經養成被男人甩掉的習慣，是個可憐蟲。

但原梢至今還在啟的生活圈內，所以平時碰面多了，我不再對她抱有格格不入之感，而她，也會主動打電話給我：「喂……我明天要去大阪，要不要一起吃午飯？」她介紹我去「馬契羅」這家店也是在我倆開始結伴四處品嚐美食之後。

若是以前與阿剛一同生活的我，恐怕絕對無法理解年紀比我大了整整一輪的原梢究竟有何優點。

畢竟當時的我，自己雖不這麼認為，但我的確對原梢略懷優越感。或許是被阿剛的傲慢傳染的吧。

阿剛經常輕蔑別人。說到阿剛的人生，不是輕蔑就是愛，僅此而已。

這種情緒很容易傳染，因此我當時或許也罹患了一點那種壞毛病。

恢復單身後最有趣的，就是當我覺得某人……

（啊，這人不錯嘛……）

（嗯，此人好像很有趣。是個可以交往的人。）

我可以隨心所欲地接觸對方。

阿剛對於我喜歡的中杉氏，總是動不動就把人家貶得一文不值。

我喜歡的友人——無論是阿啟或其他人——阿剛都不喜歡我和大家來往，老是說人家壞話。

阿剛還強迫我和他家那些討人厭的親戚拉近關係。

我當時以為這是應該的，也努力配合阿剛的期望，但離婚之後，一切人際關係都灰飛煙滅，我就算一個人思考什麼、和誰來往都沒關係了。想到這裡我很開心，不禁「哇哈哈哈」大笑不止。

我可以隨心所欲地換朋友，也可以說出自相矛盾的話糊弄人。碧姬．芭杜說：「三心二意和矛盾正是女人的美德。」

本來就三心二意的我，居然能在過去那樣長時間封鎖自己隨興的脾氣。

話說回來，難怪這陣子我會特別欣賞原梢，經常和她見面。

說到ＢＢ就讓我想起，ＢＢ也莫名地熱愛義大利麵，還說：「義大利麵才是人類活力的最大泉源。」

我和原梢，都很贊同這個意見。

而且，我倆都是怎麼吃也不會胖，屬於那種應該感謝上帝的體質，所以太棒了。我們埋頭猛吃放了大量蛤蜊、以鹽和胡椒和白酒調味的義大利麵。兩人在大中午就各自喝掉半瓶白葡萄酒，光吃義大利麵還不滿足，又加點了淡菜，從容享用午餐。

原梢比以前老多了，但眼角魚尾紋的風情，反而顯得天真美好。是個美女。

她呼地噴出青煙，之後，從黑皮包取出好幾種藥排放在桌上。

「這是胃藥。」

「原來如此。」

「妳不吃嗎？」

「我的胃好得很。」

「這是幫助消化的藥。」

她另外還備有各式各樣的膠囊與藥片。

「這是感冒藥。」

「這個，是鎮定劑。」

「這是頭痛時吃的止痛藥。」

諸如此類一一排出來給我看。

「原姊妳這麼愛吃藥啊？」

「錢不知該往哪花嘛。」

「不花在男孩子身上了？」

我們的交情已經進展到可以討論這種事了。

梢咯咯笑，「不了，不了。」

「說聲去剪髮就此一去不回的情形，妳已受夠了？」

「不，那倒不是，主要是現在已經找不到年輕的好孩子了，以前的男孩比較好，欺負一下就會眼泛淚光。」

「那是他眼中進了沙子吧？」

「不，那孩子，是真的哭了。」

「妳幹嘛要把人家弄哭？」

「因為太可愛了嘛。那大概就是所謂的愛也深恨也深吧，我只是開玩笑說句：『我已經厭倦你了。』他就眼淚滴滴答答……」

原梢說著把雙手舉到眼睛的地方，張開五指，「轉眼間已經淚汪汪了。」

「哇，真有那樣的男孩子嗎？」

「以前啦，那是以前。」

「他多大年紀？」

「十七歲吧。高中中輟想當畫家。他很有才華。不過後來轉向雕刻方面，去義大利留學了，當時十七歲，呃，不是我要說，男孩子到了十九歲就過了顛峰期變得又乾又硬不好吃了，不管怎樣我告訴妳，男孩子啊，十六、七、八左右的年紀最好，二十歲之後那更是無藥可救。」

聽著她這種說法，和芽利的說法又有另一種不同的趣味，很有意思。原梢挺直腰桿，就像對鋼琴教室的學生以同樣的清晰口齒發話：「好，再重彈一次到這裡。一、二、三、四……」

（順帶一提，原梢是位風評極佳的鋼琴老師，「要學鋼琴就得找原老師」在這新興的開發市鎮似乎已成了定評。過去她在舊街區擁有父母遺留的土地與房子，但新市鎮在附近開發後，她硬是把舊街區的房子賣掉搬了過來。她的想法是：「住在新市鎮的人也比較年輕，學生也多。」由此可見原梢對生活也很有規畫。）

我以前一直與男人生活，很少見識到能夠獨自做好生活規畫的女人那種精采有趣。

當然，這樣的女性朋友不是沒有，但男人與女人如果並排站在一起時，我的關注焦點向來都是集中在「男人」身上。而且心裡只會想，這個男人好不好吃？如果他過來搭訕，我該答應還是拒絕？

我只顧著盤算這些念頭，簡直忙壞了。再不然，就是像面對舊情人五郎那樣，該怎樣才能讓對方的心向著我!?

為了苦戀輾轉反側。到底該如何才能讓五郎接受我的誘惑？思考這淺薄的策略讓我絞盡腦汁手忙腳亂。該稍微露一下裸體比較好嗎？或是該用眼淚挽留他？想得我頭都快禿了，最後好不容易才把他成功拐進我的住處，但五郎這個不解風情的二愣子居然打起瞌睡，最後他說：「啊，末班車快開走了！」

跳起來就回去了。他甚至在我家洗過澡，當時那小子明明已經脫光了（廢話。沒人會穿著衣服洗澡），但就連那時候，我也沒把他弄到手，只能跺腳埋怨五郎這個呆頭鵝。

他洗完澡又衣冠整齊地出來。

他似乎只把我家當成海水浴場的更衣室。雖然他會和我一起躺在床上，看粉絲寫給我的信哈哈大笑，但即便那種時候他也沒碰我。若是阿剛，早就把毛手毛腳伸進我的洋裝胸口了。

這讓我更加昏了頭苦戀五郎。此外，在我稍微迷戀中年男人中杉氏時，只要能待在他身邊我就已很開心。

總之，工作之外的心神，我當時幾乎都放在「男人」身上了。

那些累積下來的關注，好像在與阿剛共度的三年當中蕩然無存，如今我已不再像過去那樣只憑著旺盛犀利到割手的欲望與關注去看待男人。

「男」與「女」。這麼並排擺放時，我的視線與關注焦點，如今都是同等程度。況且品嘗男人時，也有「好不好吃」這個內容的問題，因此我不會再幼稚地只憑外表就天馬行空地幻想。不說別的，首先，過去我曾得到痴戀五郎的麻疹，但痊癒後，就像附身的惡靈退散般對他失去興趣，甚至是阿剛，也已成了「彼世之人」。

所以現在，我對「男」與「女」都同樣感興趣，抱持關心，和過去比起來算是長足的進步，樂趣也隨之倍增。

不過我可不像芽利那樣有同性戀傾向。

「那個，說到過了顛峰期就又乾又硬不好吃，妳是從哪裡看出來的？」

我虛心請教。對於十七、八歲的男孩子，我向來只當他們是介於幼蟲與成蟲之間的蛹，我完全沒有研究過。

「也說不上是哪裡啦，按照字面意思，就像是菜薹長長變硬了。硬得不管是煎烤煮炸都吃不下去，所以很傷腦筋。」

「哦。」

「體型固然如此，心情也是，如此一來就像甘蔗，嚼一嚼就得吐出來。」

原梢明明在吃胃藥，菸癮卻很大，只見她邊抽菸邊微微歪頭喟嘆，「現在的小孩已經很老油條，十歲左右就過了顛峰期了。光看來我家上課的男孩也知道，雖然偶爾在一百個之中，也會有一個不錯的中學生……」

「我真搞不懂妳到底是在教鋼琴還是教什麼。妳這種老師太危險了吧？」

「對中學生根本不能怎樣。來我這裡上課的孩子，已經沒有高中生了。一旦開始準備升學考試，家長就不再讓孩子學鋼琴了。」

「那個淚汪汪的純情少年後來怎樣了？也是『我去剪個頭髮』便一去不回了嗎？」

「不，他什麼也沒說，我明明說『明天，咱們一起吃這個冰透的桃子吧』，結果當晚他就逃走了。」

「都是因為妳把人家弄哭了……」

「不不不，那孩子在我身邊大概待到二十一、二歲，即便到了那個年紀還是有很多優點，所以我供吃供住還給零用錢，但他每次都說，將來會還給我。」

我不懂那種男孩子有哪一點好，依賴某人時索性就全面依賴算了，犯不著說什麼「將來會償還」。這種話在心裡想想即可，實際上，甚至連想都不用想。

不過原梢或許自有她個人的嗜好。

見我歪頭不解，原梢的談興變得更高，「他還寫了借據給我喔。七千三百四十三圓。」

「三圓的零頭是哪來的？」

「我也不清楚，是從之前一直累積下來的金額。零頭或許是搭乘市電的車錢。那孩子很一板一眼……」

「若是還有市電時，那豈不是很久以前了？」

「所以我不是講了嗎？還是以前的孩子好。」

這樣相對大笑，也是姊妹淘相處才有的輕鬆。

「那也不能不告而別呀，妳那個『市電』。」

我笑著說。但我多少可以理解。原梢如果與人同居，一定會是個溫柔體貼的女人，如果沉浸其中太久，男孩會變得再也走不出去，長此以往，萬一無法脫身就糟了——男孩們肯定如此憂慮。可是又沒有理由可以吵架，以他們青澀的人生經歷毫無本領與技倆可以好好提出分手，於是只好悄悄趁著半夜離開，再不然就只能以「去剪個頭髮」的藉口一走了之了。恩未斷情未絕，初出茅蘆的男孩子，只能用不告而別的方式，悄悄離開。

原梢仰臉對著天花板笑了，「啊哈哈哈，唉，其實那樣也好，我根本不需要他們鄭重道別，反正那孩子遲早也會變得又乾又硬像啃甘蔗一樣。不過，別的男孩我都忘了，唯獨那孩子讓我惦記至今。是我那句『明天，咱們一起吃這冰透的桃子吧』說錯了嗎？這些年來我忍不住一再反省。」

「隔天，妳一個人把那桃子吃掉了？」

「嗯，還挺好吃的。是岡山的水蜜桃。又白又大，又多汁，很甜，很冰，我一口氣吃了兩個。放著這麼好吃的水果不吃就走了，真傻啊，當時我邊這麼想邊吃。不過，那孩子鐵定是鑽牛角尖地認定，如果吃了桃子又得在我身邊待好幾年。想想真是好笑。」

「對他來說，『桃子』應該就是致命武器吧。」

桃子或許就像大姊姊無止境付出的溫柔象徵，威脅到那個「市電」少年。

「欸，年輕小孩真的都不用牙刷刷牙嗎？」

我想起芽利說的話不禁問道。原梢像是聽到很意外的問題，定睛打量我——這種時候，她那無辜的魚尾紋，以及鑲嵌在風情十足的眼窩深處，冷酷如刑吏的眼睛，不經意流露出中年女人魄力十足的犀利。

「不，沒那樣的孩子。況且只要好好調教，起碼都會刷牙。男孩子便宜又清潔喔。啊哈哈哈！」

她嘴的輪廓很大，一笑就咧得更開，那種模樣極為旁若無人。她的嘴巴線條很美，所以笑臉其實不難看，甚至比平時的臉蛋更好看。

「用便宜的價錢就能買到饑渴的孩子。」

「真可怕。但妳是在哪發現那種貨色的？」

「到處都有呀。不過我不喜歡平凡的孩子，還是得想畫畫或立志想做些什麼事的孩子才行。」

說著，原梢又點起一根菸。

「啊，不過我現在已經不需要男人了——我想成為一個不近男色卻懂情的女人。」

「不會吧——虧妳好意思說。妳明明就是沉溺於男色卻不懂情。」

「看得出來？」

「當然看得出來。」

「啊哈哈。不過我曾經歷過很多有趣的事，真的，感覺上已經膩了。今後我想存點錢。我剛才說『曾經歷過有趣的事』，驀然回神才發現，最近，我老是習慣用過去式說話，不過這當然不重要。」

這時，我感覺似乎對原梢有多一點的了解了。過去的我（與阿剛在一起時的我）以為原梢花大錢包養年輕小弟弟又被甩掉，是個可憐的女人，但犧牲者其實是那些男孩。原梢到處品嚐美食大飽口福，就連堅硬的骨頭，肯定都是被她津津有味地吸吮出骨髓才扔掉，她所謂的男孩子「過了顛峰期會又乾又硬不好吃」，或許就是指那個吧？

這麼一想，不禁想起原梢那瘦骨嶙峋青筋突起的大手，那雙大手宛如男人，真的，若被那手狠狠逮住，絕對逃不了。原梢與芽利不同，她抽菸時是深深吸進胸腔最深處。不像芽利抽菸像抽好玩的，隨便抽一兩口就立刻扔進菸灰缸。

而且她點燃香菸時，也不會像芽利那樣用金色的都彭打火機優雅點火。

她愛用火柴。

而且是「唰！」一下用力摩擦，火柴彷彿受到驚嚇般，在瞬間冒出強大的火光。

那也令我有點感動。能做出如此強悍動作的女人，不可能弱不禁風只知柔順嫵媚。

「無後哲」之流或許會說，擦火柴時任誰不都是「唰！」一聲點燃嗎？但是看到原梢那雙就女人的標準而言特別大又結實的手（指力似乎也很強），猛然劃亮火柴時，我感受到有毅力的女人就是不一樣……

原梢和芽利不同，沒有那種奢華的氛圍，但她的裝扮在低調中帶有脫俗洗練的時尚氣息，也讓人感受到她的毅力。

有一次，我帶著喝醉的啟去原梢家，當時她出來開門時，穿著像磨蘿蔔泥的擦板那樣硬梆梆、很有味道的毛巾布料睡袍。她似乎是個比我想像中更懂得簡樸生活的女人。

那件毛巾布料的「磨蘿蔔泥的擦板」睡袍，說不定她至今還在穿。

所以無論是劃火柴的「唰！」或是只要抓住什麼恐怕就不會放手的巨掌，還有那肺活量似乎很大的胸部，「啊哈哈」的旁若無人的大笑，總而言之，她的一切都可以一句「厲害」來形容。

自從我發現女人的有趣，對芽利和原梢不禁心生崇拜。我以前不曾對同性動過心，勉強說來，以前只有看到阿剛的媽媽（算是我的前婆婆），因她實在太脆弱太優雅了，那種精緻易碎的美麗打動了我，我非常喜歡她，但我以前從來沒把原梢等人放在眼裡。

可是現在的我，目光卻被原梢吸引，雖不至於想模仿她，卻不由自主盯著她不放，而原梢似乎也因我離婚，終於對我產生好奇。原梢以前或許也沒把我看在眼裡。或許我那時看起來太幸福了，而她認為，幸福的人不算是人。

「妳還和中杉先生見面嗎？」

我忽然想到，隨口這麼一問，她說：「沒有，最近沒見面。不過他真是個成熟的大人。」

這話是什麼意思呢？

「即便多年未見，也會讓人感到昨日才見過的自在。」

換做芽利，八成會說：「妳想見中杉先生嗎？乾脆把他找出來一起吃個飯？我作陪。」

原梢雖然會談論她自己的事，卻似乎無意打聽我的私事或刺探我的心情，這也是她與芽利的不同之處。芽利從來不肯透露自己的私生活，卻很會打聽別人的事。

其實我倒也不是真的很想見中杉氏，只是偶爾想起就已滿足。

只不過，記得在他面前時我比較會說出真心話，我很懷念那段時光。我覺得或許他會激發我迥異於與芽利或梢在一起時的反應。

但是最後，我的真心話卻對另一個人吐露了。關於「怎會有醬子的事」的初體驗。

6

我畫好絲巾的圖案，對方急著要所以我決定親自送過去。反正本來就要出門去寄限掛的稿子送往東京。

外面是夏末的暴風雨，風雨雖大，卻是接觸「自然」的難得機會，因此我毫不害怕。

我「出獄後」才發現，自己原來是個熱愛自然的女人。

與阿剛分手後唯一的不便，就是不能再去海邊與山上的別墅。那棟位於淡路島的別墅，擁有原木壁板和訂做家具，可以從窗子欣賞海景。我懷念那地毯與沙發的抱枕都是海水那種深藍色的美好海邊別墅，沉落播磨灘的夕陽，以及忽然變得深沉的大海。

（而且，那棟別墅旁，還有令阿剛吃醋的理想外遇對象水野氏。對我而言「男人」也是「自然」的一部分。）

還有，面對池塘大霧瀰漫的六甲山莊。

早晨，記得我們還特地去牧場買牛奶。霧氣肉眼可見，又白又濃，彷彿是拿噴霧器噴出牛奶，轉眼之間已籠罩樹林與灌木叢。露溼沉重的繡球花——是濃得驚人的藍紫色——「哇，真漂亮！」把臉一湊近，沾滿露水的花瓣，令人不禁打噴嚏。

那棟阿剛口中的「和館」，既是西式亦是日式，號稱是幕府末期的日式洋房，因此阿剛和我稱它為「和館」。我也喜歡那古老山莊的建築。只是就跟那裡的各種雜物一樣，我總覺得這棟別墅也不屬於自己，結果預兆成真，現在果然與我毫無關係了。

我只對那些別墅有點留戀。之前忙著賺錢糊口，壓根沒想起別墅，但最近或許是因為終於有了一點餘裕。往年，在炎熱的夏季期間我哪都不會去，但依這樣子看來，明年我說不定會去山上或海邊。

無後哲在六甲也有別墅，每年好像都會去那邊。

「妳來嘛，乃里。」

他說。但他那位女中豪傑的母親也會去，如果懶得和他母親碰面，他說只要躲在小屋別出聲音就不會被發現。

「只是上廁所時小心一點就行了。六甲山飯店近在眼前，也可以去那裡吃飯，夏天的話到處也都有餐廳。還可以吃油豆腐皮烏龍麵。」

阿哲如是說。別開玩笑了。憑什麼我得「躲起來別出聲」。我幹嘛非得做到那種地步也要鬼鬼祟祟去阿哲的別墅做客。

「不是啦，夏天山上的飯店都會漲價三、四成。與其住那種昂貴的地方，住我家可是免費呢。」

不出聲音躲避他母親恐怕只會更熱。說到阿哲的摳門（小氣）簡直是……阿哲不是開玩笑是認真的。

而且阿哲這傢伙，居然說待在小屋期間，「還可以和乃里玩」。

「不出聲音默默玩？」

「那樣不是更刺激嗎？」阿哲高興地說。

不是因為他有錢才說他小氣，我是根據小氣的程度推斷阿哲有多少錢。

我當然也想要錢，而且腦子一隅也總是在盤算那樣足夠吃上幾個月或者幾年，但賺錢並非我的目的，只要適度就好。有一次，電視台搞了個「如何製作洋娃」的節目請我上電視，後來便隨之來很多電視與廣播的邀約。起初我覺得有趣還會去，但實在太耗時間，而且時間被卡死，對我這種隨興的人而言，實在煩不勝煩。

更何況，那種地方的人都很忙碌，一下子就把事情忘了，感覺上好像永遠在匆匆忙忙翻新頁。

而且他們企圖比別人翻得更快，用顫抖的手指沾了口水，焦急地翻頁。至於前一頁寫了什麼，轉頭就已忘記。他們只顧著不停翻開新的一頁，前面的頁數壓根不會回顧。

在這世界一切都不能重覆，必須力求新鮮。重覆的行為被厭惡。於是他們會和初次見面的人和顏悅色地交談，在整個過程中付出最大的熱情，但是等到時間一過便再也不屑一顧，轉而熱烈迎向下一個人或下一件事。他們來不及好好說話，也沒空仔細打量。哪怕是昨天的事也立刻遺忘，彷佛已像十年前的事一樣古老。一切都經歷過一次後，他們就以為，「好，知道了」、「那種事，做一次就夠了」。

於是好像自己無所不知似地藐視他人，不停推開舊的，一心只想漁獵新鮮貨。這樣的人充斥周遭。

我喜歡重覆，最受不了只想翻新頁的人。

我也喜歡與人細水長流地來往。

所以，我把電視與廣播的邀約都推掉了。若依照夏木阿佐子的說法，可能會笑話我：「太沒欲望了。」

但我沒義務把上門的工作全都一一接下。況且，我相信長相被人熟知只有百害而無一利。

日本地狹人稠，哪都去不了。如果長相為人熟知會很不利。

在碧姬．芭杜人氣絕頂時，曾悲傷地說：「我是全世界最不自由的女人。」

在這點，我至少比ＢＢ幸福。洽談工作有時是對方來，有時是我過去，見面的人都不知道我就是本人，一律稱呼我「玉木小姐的跑腿」。因為我把頭髮剪得很短，穿著Ｔ䘿和牛仔褲。而且曬得像黑炭。

所以我如果開車去電台，看門的大叔往往會破口大罵：「啊呀！不行不行！不能把車開進那種地方……妳搞什麼鬼啊？」

在櫃台接待處報上名字後，往往也會枯候許久。那樣最好。我喜歡自己在電視與廣播圈不紅。

另外，現在做的種種瑣碎工作，水野也曾開導我：「照妳那種做法是才華與創意的浪費。還不如與出資者合作，外包給製造商，或是開個工廠大量生產。」

我早在離婚前，就把那方面委託給認識很久的公司了，所以錢會固定匯進來，對此我也很隨興。我認為工作應該秉持「三不」原則。

「不用力，不逞強，不麻煩人。」

有了還算過得去的收入，就不會動不動起貪念。好不容易才從婚姻這個「監獄」出來，犯不著又為「工作」服刑吧？

再者，也犯不著為「賺錢」這種苦刑粉身碎骨。如果哪天我真的賺了一大筆錢，再蓋一棟像阿剛那樣的別墅就好，而且必須是在不吃力不逞強的範圍內。

一如賺錢，對男人也不須用力或勉強，我相信遲早總會出現中意的對象。

我不焦急。

因為，其中自有樂趣。

一個人工作，一個人住公寓，早上洗完澡之後，我幾乎都是光溜溜在屋裡打轉，南邊窗子只見藍天與大阪城公園的綠意，所以我把那邊的蕾絲窗簾也拉開，肆無忌憚地沐浴朝陽。

我光著身子，在土司塗上草莓果醬，配著燙舌的熱紅茶進食，真的，會打從心底發出「哇哈哈」的笑聲，所以，在我還能這麼愜意的時候，用不著勉強把男人弄到手。如果與男人同居，又得處處小心看對方臉色，也不可能這樣在室內打赤腳或光著身子走來走去。

無後哲說：「但是，女人單身可不是自然的生活喔。」

阿哲也會來我家，所以他很清楚我是過著純粹的獨居生活。

然而，對現在的我而言，一個人生活才是最自然的生活。

「妳不想和男人做愛了嗎？」

阿哲說。

「還好吔。」

聽我這麼一說，他輕輕一笑。

「妳該不會都是靠自慰吧？」

「不，那倒不是，當然，想到還有自慰或許的確可以安心入睡，就像阿哲，你有愛德蘭絲與ARTNATURE這些假髮製造商，就可以安心禿頭了。」

「聽妳在鬼扯！」阿哲說。

不過生活一旦有了餘裕，無論對男對女都會產生興趣。就像上次，我與原梢從「馬契羅」餐廳出來，走在心齋橋通的路上，因為那時我被梢的話激勵到，試圖訓練一下自己的眼力想辨別出未過顛峰期的年輕男孩究竟有何優點，所以我瞪大雙眼到處看男人，其中也有還不錯的青年走過，吸引了我的目光。

他的五官纖細溫柔又可愛，體型卻相當強壯結實，這種不協調感特別清新，我當下感到原梢說的「就是那個」！

「真好，妳看，現在往那邊走的那個白T，那個弟弟，不錯吧？」

我對梢說，她沒停下急促的腳步，露出鄙薄的淺笑。

「屁股太大了，像棒球選手。身體練得太壯了。」

「那孩子嗎？」

「不信妳仔細瞧。」

聽她這麼說我回頭確認，好像也有點道理。發育過度的男孩子，已經沒有改造的餘地所以有點無趣。真是敗給梢了，居然一眼就看清了人家的身材前後。看來今後我真得好好學習。

我不禁失笑。

想到也有這種找樂子的方法，甚至好想把皮包拋起來蹦蹦跳跳走路。

換言之，那我就跟在室內裸體走動一樣自然。

不管和什麼樣的男人，今後都可以一同生活，可以選擇，可以去愛。

哦哦神啊。

我滿心感激。

我抱著這種心情度過每一天，在別人看來或許會想那傢伙搞什麼，好不容易釣到有錢人家的傻兒子結了婚，居然連贍養費沒拿到就離婚了，這把年紀還在辛辛苦苦做無聊的工作，一個灰頭土臉的中年女人獨自生活，簡直太傻了，那個樣子已經沒有男人會要她了。

但我個人倒是心情極佳。若是年輕時，我或許可能會責怪自己……

（就是因為搞這些事才會沒人要。）

外面不知幾時已下起大雨。這種日子開車最好，但已經傍晚了，肯定會塞車，況且也沒地方停放，把東西送去事務所後不知該怎麼辦，下班時間還是搭地下鐵較快。

我穿著白色迷你塑膠雨衣，同樣是白色的塑膠雨帽、白色長雨靴，手上的東西也用塑膠袋包好，這才出門上街。

暴雨如注，還有強風，傘幾乎被吹走。雨絲橫掃而來。溫溼彷彿半滾水的雨水，就像沖澡時的水花當頭澆下，步道上無人行走，大家都衝進大樓的騎樓或地鐵站躲雨了。

車子嘩啦啦濺起高及頭頂的水花疾駛而過，但我心情暢快。雨衣底下，其實穿的是比基尼。

有些地方的道路很快積起水來。我穿的是雨靴所以不在乎。小時候我最愛在傾盆大雨中拿著雨傘故作忙碌地大步走過。過了三十年終於又能做自己喜歡的事。

很久以前（比我和阿剛結婚更早之前），在我沮喪時（因五郎而失戀），也曾這樣獨自走在街上，但和當時如在地獄的心情大不相同。當時我的心情非常陰鬱，一邊哀聲嘆氣，一邊暗想我已受夠獨居生活了！

但我現在心情大好，穿著短版的雨衣，沐浴舒爽的溫水，像要挑釁般在大雨中行走。

雨勢太大，人們屏息至簷下躲避，站著發呆。不停灑落車道的雨水捲起漩渦，形成急流流走。若是晴天時，這個時間天色應該還很亮，可見美麗的夕陽，現在卻暗如傍晚，整個城市像被嚇破膽似地大氣也不敢出，唯有大雨狂喜地敲打這個大都會，肆意張狂。颱風正從南方的海上逼近。

這是場好雨。

我一邊哼著最近流行的〈給你宙宙〉這首歌，一邊健步如飛地走過空無一人、大雨滂沱的步道。其實我更想光腳走在這雨中。

至於打在傘上的雨聲，簡直就像爆炸聲。雨幕令視線模糊，風似乎停了，但雨勢依舊未歇。

肚子也有點餓了，把東西送至事務所後，我打算折返南區，找個地方吃飯。

雨水好似轟隆發出地鳴般下個不停，街上已點燈，在水光照映下，彷彿是用玻璃紙包裹某種閃亮物體再打上緞帶的景色。這種景色在「服刑期間」可是看不到的。

如果在當時我可能會想：「下雨了，算了。」就此取消外出。

況且，傍晚更不可能外出。有一次阿剛回到家發現我居然還沒回去，而且是與男性友人在外面喝酒，結果引起軒然大波。

相較之下，我現在可以毫不在意地，「下雨了。出門吧！」

至於晚餐，可以左思右想：「找地方吃飯吧。要上哪去吃呢!?」健康的食欲如寶貝般令人疼惜。

這或許是我何以是「無前乃里子」，總之當下這一刻，是最好的。「就算去彼世也不可能有這麼幸福」。

我可以再引述一下ＢＢ的名言嗎？

之前我在報紙上讀到最近碧姬．芭杜的訪談，感到非常震驚，因為我發現有一段話簡直就是我的寫照。

「人生當中最美好的，那就是人生。真的是人生喔。我們必須有此自覺。人生在各方面都能派上用場，尤其，用來發現自己活著更是有用。我每天早上醒來，都感覺重生了一次。每天都是新的一天。否則，我可能早已活不下去，或者只是機械般的行屍走肉。我的每一天，都像迎面吹來的風。」

所以，我認為碧姬．芭杜也是相信「現在最好」的「無前ＢＢ」。說不定，ＢＢ現在也正光腳走在南法的聖特羅貝（Saint-Tropez）海邊哼著歌。

燈火輝煌的街頭，被雨水這張玻璃紙包裹，像糖果一樣閃閃發亮。我不知道〈給你宙宙〉的完整歌詞，只是一再唱起依稀記得的那段旋律。

一輛車子濺起驚人的水花駛過，忽然放慢車速。車輪有一半都隱沒在水中，我不禁暗自狐疑，這輛車剛剛還撥水疾駛，是不是哪裡故障了？那是黑色的進口轎車。

車子緊靠步道停下了。

「人生當中最美的是人生。」

這種話感覺很「矯情」，若是再年輕一點肯定講不出口。但是，現在反而與ＢＢ一樣，「我也認為如此。」

ＢＢ被種種神話妝點，已經成為看不見肉身原形的傳奇明星，所以大家都以自身經歷來詮釋她的語錄。我不知道真正的ＢＢ當初是出於什麼意思講出那句話，但那已不重要。

一生肆意妄為的ＢＢ，最後還是做出了那樣的結論，我只要站在個人角度感到欣慰就夠了。

剛才那輛黑色外國轎車停著不動，幾乎半埋在水中。

我走過車旁。前面不遠就是十字路口，過了路口有地鐵站的入口。這時車窗搖下，露出男人的臉孔，

「這麼大的雨，妳要去哪裡！」

為了不被雨聲蓋過，他大吼。

該怎麼說呢？這時我彷彿被人瞧見不該看到的尷尬場面。

因為，那個聲音我非常熟悉。

不，或許該說，簡直太熟悉了。

「上車！」

對方說。我心想，被發現了嗎？

和以前一點也沒變。

我旋轉雨傘——自己的身體也轉向，看著阿剛。

我明明不想這麼做，卻不禁咧嘴一笑。

一點也沒變的阿剛板著臭臉，「笨蛋，不快點上車會淹死！」

他嚇唬我。我們已是不相干的外人囉。

聽來壓根不像前夫該說的話。他應該說「不介意的話請上車」才對吧。

我們各在車道與步道，扯那些「不用了」、「幹嘛不用？」、「我走路過去，就在前面不遠」的對話也很煩，明明是對方先喊住我，這樣拖拖拉拉的好像違反武士道精神。

我匆匆繞到車子另一頭想上車，但是，畢竟我穿著溼淋淋的塑膠雨衣……

（可惡。算了，管他的。）

「哇嗚。車中會變成洪水。」

「笨蛋，脫掉，妳不會脫掉嗎！」

「我裡面是比基尼吔！」

「笨蛋，妳搞什麼鬼，穿啥都行，快脫掉！」

又吵架了。

「我叫妳到車上再脫。」

我被拖上車。說得也是，畢竟後方不斷有車呼嘯而過，雨刷正瘋狂地擺動。

7

「妳沒車嗎！」

阿剛把我拖進他身旁的座位後，說道。

「妳賣掉了？」

「有是有，我怕塞車所以沒開車出來！」

「這種時候有哪個白痴會在外面走路？」

「我本來想搭地鐵。」

「妳要去哪裡？」

「北區。梅田的U大樓。可以讓我在地下街邊上下車嗎？」

梅田的地下街號稱日本第一，四通八達，占地寬闊，就像土撥鼠的洞穴，到處都有通往地面的出口，所以即便從邊上鑽進去，也能走很遠，而且可以搭乘私鐵與地鐵。但我是個熱愛自然的女人，其實不大喜歡這種風雨吹不進來的人工化地下都市。

「妳這是什麼打扮。妳就不能想想辦法嗎，喂！」

阿剛慌忙對我說。我脫下一直滴水的塑膠雨衣，摘下帽子，為了避免車中淹水，正忙著努力輕輕將外側往裡摺，所以一瞬間忘了自己穿比基尼配長雨靴的打扮。

撇開打扮不談，車內空調冷得讓我直打噴嚏。車子在紅綠燈停下時，阿剛說：「笨蛋！這樣會感冒！」

說著從後座拿起他的西裝外套扔給我。

衣服有阿剛的味道。我不發一語披在肩上。

過了紅綠燈，車道的水已消退了，但右轉車插入，頓時陷入塞車的長龍，車子與車子摩肩接踵。雨霧濛濛我想隔壁的車子應該看不見我，但阿剛朝我裸露的肚子與大腿瞄了一眼，「別挑逗！有誰會對隔壁車上的人會拋媚眼！妳居然這副打扮走在街上！」

「我明明穿了雨衣。」

「少囉唆。不要動不動就頂嘴！」

阿剛又叫我拿後座的運動毛巾。我轉身趴著，朝後座伸手，這時車子動了一下，我的下巴撞到車座。

「哇！」

我大叫。

「妳搞什麼鬼？」

阿剛憤然啐了一聲，伸長手臂拽過毛巾，扔到我膝上。

「把身子遮好！別隨便露出那種地方！」

毛巾是雪白的，邊端有一條深藍色的線，這是阿剛喜愛的運動用品店製品。也許是被毛巾扯動，一盒還沒開封的特長型Rothmans香菸落到座位上。對了，記得阿剛以前好像就是抽這個牌子，一點也沒變。

但我對阿剛這件衣服沒印象。這件夏裝是典雅的灰色，帶有略深的同色細條紋。或許是太悶熱，阿剛扯鬆領帶，把襯衫釦子解至第二顆，黑色胸毛勢不可擋地爭相冒出。阿剛的頭髮沒有自然鬈，是像刷子一樣的剛硬短髮，這點也沒變。

不過，他沒發出笑聲。而且，動不動就吼人。

但這是阿剛掩飾喜悅的吼聲。與阿剛住在一起（或者說開始交往）的期間，比分手的期間更長（應該說「目前是」。很快，分手的期間就會變得更長了），所以我很清楚。

至於我，若說不高興是騙人的，可是，又覺得若能不碰面會更好。畢竟，當初「去剪個頭髮」就此離開的人是我。阿剛做夢都沒想到會發生那種事，還在說：「明天，咱們吃這冰透的桃子吧。」

阿剛在我離開後的翌日早晨，肯定是邊想「這麼好吃的水果居然不吃真是傻啊」，一邊獨自吃掉二人份的桃子。

我忍不住暗忖，若早知道阿剛的車子會從後面過來，我就趕緊躲進大樓裡了。

阿剛臭著臉。因為車子塞在車陣中動也不動。即便如此，我還是說：「可以放點音樂聽聽嗎？」

他以還算平和的聲音回答：「可以呀。」

我自行胡亂撥弄時阿剛替我打開開關，正好播放的是〈給你宙宙〉。聲音溫柔細膩，我再次四下張望，「這是新車吧。」我說。

「你從東京開車過來的？」

「這是停放在御影的車。每個月有十天我會過來。」

御影啊……好久沒聽到這個名詞了。頓時，我與阿剛的關係中，最糾纏不清的部分好像又死灰復燃，我慌忙試圖轉移話題。御影或東神戶云云，畢竟這已是「彼世」的話題了。

「哈啾……」

我打了個噴嚏。

「東京你已經……哈啾！習慣了？……哈啾……新車和新女人……哈啾！」

見我這樣，阿剛「啊哈！」一聲笑出來，

「笨蛋！妳搞什麼鬼！」

他說著關掉冷氣。但他的笑不再是以前那種忽然大笑，讓聽者小鹿亂撞的旁若無人式笑法了。不知他現在是否還會發出那種笑聲。

我斜眼看阿剛，阿剛正好也在瞄我，我沒辦法，只好咧嘴一笑，阿剛像要冷哼似地聳肩，「妳現在在做什麼？」他以帶著輕蔑口吻的聲調說。

奇怪，我反而覺得這才像阿剛的正常作風。從那早上刮過鬍子到了下午五點已略帶暗影冒出一點鬍碴的臉頰，到他那看似傲慢好強、輕蔑他人的可憎下巴，那才是阿剛該有的樣子。

「還在做寒酸的小生意？又搞那破布縫的玩意亂塗鴉？」

阿剛把我做的人偶稱為「破布縫的玩意」，說我畫的畫是「塗鴉」。但我的人偶個展與繪畫個展，作品全都賣光了，而且幾乎都是在展出第一天就有了買主。不過那種事告訴阿剛也沒用，我對此雖無不快與輕蔑，但好像忽然發現以前對阿剛的某種情感，在我心底被鹽漬風乾一直儲藏著。

「對呀……哈啾！」

我簡單回答。

「喂，妳沒事吧？可別真的感冒了。白痴，誰叫妳要穿那樣。」

阿剛或許是對龜速前進的車子忍無可忍，猛拍方向盤，「妳急著趕去北區嗎？」

「不會。」

坦白講，再不早點送去事務所就要關門了，但我現在覺得留待明日也無妨。

「是公事嗎？」

阿剛又問。

「我很想說是約會，但我本來要送這個過去。」

我指著小心翼翼放在膝前的塑膠包裹。我老實對他說。

直到這一刻之前，我並未預想過與阿剛重逢之後該採取什麼樣的態度。打照面之前就趕緊偷偷溜走，或者狠狠把臉撇開——這種想法在離婚後只維持了一年左右的時間，之後我變得很忙，於是再也沒想過。聽泰雄說阿剛去了東京，我心想，那只要不去東京就沒事了，這樣就不可能碰面。

慢慢地，我忘了這件事。壓根沒想到阿剛每個月會有十天待在關西，也沒料到他會一如既往，用那種生猛有勁的大阪腔說話。所以我也忍不住跟著像以前那樣說話。

「誰教妳要做這種不賺錢的破工作，還得冒雨走路。」

阿剛批評我，被他這麼一說，之前覺得燈火輝煌的街頭彷彿被雨水這張玻璃紙包裏的糖果般閃閃發亮，而我在那之中悠然行走的昂揚心情，好像一下子被腰斬。而阿剛，最喜歡這樣狠狠斬殺。

漸漸地，昔日熟悉的觸感又回來了。

而我在想，不知阿剛是否還沒過顛峰期，變得稍微聰明了，還是變得更笨，總之他還沒有變得渾身充滿「大叔味」。阿剛依然還是一個活潑的男子，這點讓我很開心。

原來我不用對他抱有加害者意識。

阿剛亦然，他正變成了「無前剛」。

很好，很好。這樣最好。

如果離婚後阿剛變得充滿「大叔味」，我會苦惱。被阿剛臭罵一頓我反而開心。阿剛依然健在，宿敵就該讓人咬牙切齒才對嘛。就像「Dirty江川(註一)」一樣。

駕駛座旁放著阿剛的Longchamp零錢包以及愛馬仕的記事本，這些東西一如往昔，不免心生懷念之情。

註一：指日本前職棒選手江川卓。

「有男人了嗎?出現好心的大哥把妳這個發霉的老姑婆撿回去嗎?」

阿剛嘲笑我，這點也一如往昔，但他看起來並非真的想吵架，我覺得很好笑。其實他這是為了掩飾喜悅才故意嘲笑。當他斜眼瞄我，一邊期待我的反應一邊搭訕時，首先會以怒吼或嘲弄來試探我的反應。

以前他本來更率直更厚臉皮，會性急地展開攻勢。我說:「哈哈哈，男人多得很，我都挑花了眼。」

「少來了。怎麼可能。」

這是阿剛的斷定癖。

真想勸他想想辦法改一下。

他憑什麼能夠那樣斷定事物，我實在無法理解。

不過，這再次讓我想起往事，覺得很有趣。我現在的立場已不需為阿剛的斷定癖困惑了，所以可以當成好玩的事輕鬆看待。阿剛輕蔑地說:「妳還是一個人住嗎?是△△公寓吧?那間廉價的破房子。」

他正確說出我住的公寓名稱。我自以為已遠離阿剛的生活圈，但阿剛並未把我當成

「另一個世界的居民」嗎？他突然掀起我膝上的毛巾，捏了一下我大腿的肉（而且是以嘲弄的捏法）。

「嗯，妳的身體變硬囉。」

他居然如此說。

「很結實的腿吧？我對這雙美腿很有自信，夏天向來穿超短迷你裙。」我說。

「我不是說那個。女人和男人上床身體會變軟，沒做的話會變硬。」

「鬼扯。哼！」

「妳很久沒做了吧？」

「閣下做嗎？」

我把手放在阿剛的膝上，「別隨便碰我！」

「是你自己先碰我的。」

「男人可以碰女人。但女人當然不可以隨便做出伸手碰男人這樣厚顏無恥的行為。女人絕對必須嫻靜文雅。妳看看妳，像什麼樣子，居然朝男人伸手，想把手放進男人的兩股之間。妳要好好反省。那是女人該做的事嗎？」

「啊哈哈哈！」

阿剛的男尊女卑論，以及位於御影的房子，東神戶那可以看海的房子令我心神恍惚，有點懷念。但現在的我也只能是笑著當有趣。

阿剛也開心一笑，但他好像已不再像以前那樣放肆大笑了。

車子前進龜速，於是我們從容閒談，但其他的車子或許心浮氣躁。在這塞車的長龍中，阿剛開的這輛車頭特別長的進口大轎車格外占地方，而且顯得滑稽。換作以往的阿剛這時已經大發雷霆了，但他現在一反常態，注意力放在我身上，即便龜速前進似乎也不以為意。

雨勢稍弱，但依舊下個不停，外面已入夜了。封閉的車內溫度上升，阿剛再次打開冷氣。音樂轉為新聞，整個大阪都在下豪雨，到處都成了水鄉澤國。新聞說航空班次可能也會取消。

「回不去了，今晚得在御影過夜。」

阿剛嘀咕，關掉收音機。

「你本來打算搭飛機回去？」

「沒訂票，但我每次回東京都是搭最後一班飛機。」

阿剛把車窗稍微打開說。

「那我怎麼辦？就算趕去U大樓的事務所可能也關門了——不，還是過去看看吧。」

我自言自語。真是的，與其這樣龜速行駛，若搭地鐵現在早就抵達事務所了。

「我會在梅田放妳下車。」

阿剛說。他開窗是為了抽菸，只見他伸手從我披著的西裝外套取出香菸。

順便碰了一下我的裸肩（此人很愛動手動腳）。

「妳身體好冷。表示睡覺畏寒吧。」

「你這什麼意思？」

「妳偶爾也該弄點暖身的。」

「我每晚都喝酒。」

「我不是說酒啦。笨蛋。」

這是什麼意思？

「彼世」一下子變成「此世」。兩年的斷層不翼而飛（但我並未感到不快），我得意洋洋打造出來的東西，等於被阿剛一擊粉碎。

阿剛或許對於我打造的東西不放在眼裡。但那樣也好。相對的，我很高興阿剛看起來活力充沛。況且我在想，我倆真的從以前就格外有默契。這點簡直是一點也「沒變」。

彼此跳過「好久不見」、「你看起來氣色很好」、「之前不好意思喔」、「算了，往事不必再提」、「想必經歷了種種……」、「唉，彼此彼此，那個就先放到一邊……」、「可以稍微聊一下嗎？」、「好吧，那只能聊一下下」、「這樣未免太無情了」等階段，居然說到了「睡覺畏寒」。

而且阿剛這傢伙一手握著方向盤，一手繞過我的裸腰緊摟住我，

「妳是不是瘦了一點？」

實在很想請他不要隨便毛手毛腳。

「閣下還是這麼色。」

我這麼一說，阿剛哼聲一笑，對我的口無遮攔雖然看似高興，但他還是沒有放聲大笑。

從雨刷之間，看著大雨籠罩的城市與大量車潮，實在難以相信我與現在坐在我身邊的阿剛已經分手了。好像我們一直這樣攜手共度，又好像很久很久以前也曾經歷過這樣的情況。

但是，阿剛與我現在彼此都喊對方「閣下」，唯獨那個彷彿是某種證明，即使如此，我們都清楚那是「阿剛」、「乃里公」的代名詞。我倆在這點都不遲鈍。

「妳每晚都喝酒嗎？一個人喝？」

阿剛問。他好像有無窮的話要說，喜孜孜地說。

「有時一個人，有時一群人，也有時一對一。」

「酒量進步很多嗎？」

「變強了，但也曾出糗。」

講到一半我忽然感到好笑，不禁咯咯笑了出來。突然間，很想把「怎會有醬子的事」那段初體驗告訴阿剛。此人若扮演「監獄」的「獄卒」有點讓人「受不了」，但做為可笑故事的聆聽者倒是很捧場，因此對於久別重逢的阿剛，我還是感到心情雀躍。

我再也不想回到「監獄」，為了避免重蹈覆轍，我謹言慎行，但從荒唐對話的契合方式，乃至阿剛的氛圍、阿剛的五官（印地安人似的粗糙臉頰至下顎、快活傲慢的表情、咀嚼力看似強勁的白牙），那些都與幾年前初相識時一樣讓人頗有好感。或許我的星座果真與阿剛的特別契合。

「在某間很小的餐廳……」

我笑嘻嘻地說了起來。

「我點了義大利菜配葡萄酒，那裡的葡萄酒很好喝，一口氣一個人喝掉了兩、三瓶，結果喝醉了。」

我叼起菸，阿剛拿打火機替我點火。阿剛指節修長的手指、襯衫的袖釦、手腕露出的黑毛，我已長年見慣，所以毫無異樣感，不會動不動就去注意，只覺得懷念，是自己熟悉的東西。

「當時腦袋還是非常清醒喔，我雖是一個人，但那間餐廳的老闆還挺能聊的……後來，我去上廁所，但我還很清醒，好端端地以淑女姿態起身，然後，我進了廁所……」

「妳到底做了什麼？真會吊胃口。」

「那間餐廳的廁所很狹小，要踩上去蹲著，是傳統的日本蹲式馬桶，段差相當高，我清醒地上完廁所，但蹲著蹲著開始頭暈。」

「我忽然有種不妙的預感。」

「上完廁所想起身，結果翻身向後跌倒。我以為門鎖了，沒想到一撞過去，門就開了，那個……」

「閣下就這樣直接跌到門外面，是嗎？」

「簡而言之就是這樣。」

「若是日本的蹲式馬桶，那就是保持蹲著的姿勢。該不會還是仰面翻倒？」

「簡而言之就是這樣。」

「被不特定多數人看到走光的畫面？」

「簡而言之就是這樣。」

「虧妳還好意思腆著臉活下來。」

「那間餐廳我已經不敢去了。」

「不過妳是怎麼收拾那個場面的？我都冒冷汗了。」

阿剛不高興地哼哼唧唧。

「搞什麼鬼啊，笨蛋！不盯著妳都不行。」

那是阿剛一慣的玩笑。我也早就明白。

「之後那兩、三個月，當然是覺得很丟臉，有點受到打擊。」

「廢話。多丟臉啊，乾脆把那種店也放火燒掉算了。」

「和人家的店又沒有關係。」

「不行。我很火大。」

不知怎地覺得很好笑。

「這種糗態可不能隨便讓人知道。所以你也不能說出去喔，要保密，我只有偷偷告訴閣下。」

「那當然。不過當時在那間餐廳的人難保不會說什麼，統統殺掉算了。」

梅田已遙遙在望。我脫下阿剛的外套與毛巾，重新套上雨衣。

「唉，總之妳盡量別做會讓我也臉紅的事。不要天天喝酒。」

「天天跟人上床就可以嗎？」

「那倒是無所謂——喂！妳又套我的話！」

好像在說相聲。我倆在這方面也極有默契。

這種時候的阿剛，我真的很喜歡。

「那我走了，你多保重，謝謝。」

我這麼一說，阿剛沉默了。車子因車頭太長一再遇上紅燈停車，好像被人戲弄。

「淡路與六甲的別墅，你現在還去嗎？」

我忽然想到，問道。

「我現在住在東京，已經不去了。輕井澤有別墅，我都是去那邊。」

大財主不當回事地說。

「啊，在那邊停車放我下來就行了。」

雨勢已大幅減弱。這段路程花了比預期更久的時間，不過這期間我（或許阿剛也是）並不無聊。

我把雨衣的腰帶紮緊。這件白色雨衣是短版的，幾乎露出整條大腿。阿剛啪地朝我大腿一拍。

「都是因為妳光溜溜冒出來，害我都不正常了！」他說。

阿剛的率直依然好端端保留著。比起我，阿剛在這點高尚多了。我也有股衝動很想輕觸一下阿剛長滿手毛的手腕，但我還是按捺克制住沒那麼做。

「那我走囉，掰。」我說。

「不，別說掰或再見。」

「怎麼了？」

「今後就說『雨或蛇』來告別吧。不過要捏著鼻子說。」

今後？搞不好根本不會再見面。

「別這麼死板嘛，我又沒說一定要見面。只是，說不定還會在哪不期而遇。到時候犯不著板著臭臉吧？可是也沒心情笑臉相迎，這種時候，不如捏著鼻子互道一聲『雨或蛇』──妳說說看。」

「我才不要！」

因為這句話，如果捏著鼻子說，發音怎麼聽都像是說：「我們來圈圈叉叉吧。」這還是阿剛以前教我的。

「妳不說，老子就不放妳下車。」

阿剛故意湊趣地嚇唬我。阿剛在他公司的「中谷鐵工」副社長辦公室，想必不會用那種大阪腔，但他和我在一起時就像脫韁的野馬。

我捏著鼻子說：「雨或蛇。」

阿剛說：「我不要。」

然後他放聲大笑。

唉，真的是。

好久沒聽他這樣大笑了。阿剛得寸進尺，「妳再說一次給我聽聽。」

我也跟著胡鬧，再次捏住鼻子說：「雨或蛇。」

阿剛那傢伙，這次居然說：「來吧！」

「神經病！又沒喝酒，虧你說得出那種話。」

聽我這麼一說，阿剛再次大笑。

放我下車，關上車門後，他像是想起什麼似地搖下車窗探出頭，「下次蹲日式馬桶時可別再翻過去了！」

然後濺起水花絕塵而去。

那張臉孔顯得格外充實生動，只要能看到他那種表情，離幾次婚我都甘願，甚至很想說：「他怎能如此出其不意地做出那樣的『好表情』？」

我很開心。

不過，在地下街還沒走幾步路，就發現我的銀色小包包——心型的塑膠（因為怕被雨淋溼）包，忘在阿剛的車上了。

真是沒辦法。

反正裡面也沒放什麼重要物品。包包裡只塞了七、八千圓的鈔票（因為包包很小，連皮夾都放不進去）、手帕與面紙、附帶鏡子的口紅。還有兩、三張名片。幸好重要的卡片與記事本沒放在裡面。至於零錢，為了搭地鐵早就放在雨衣口袋了。

如果願意，阿剛或許會替我送至名片上的地址，不過就算他沒送來，也沒關係。阿剛這人倒不是怕麻煩，應該說他有點彆扭，如果我開口拜託他或許會答應，真的替我送回來；若是仗著他的好心，心想他肯定會替我送過來，最後被他發現我大搖大擺地坐著等，那他就會故意唱反調。

還有，假使我是抱著某種不良企圖，故意把東西忘在他車上，他會憑著動物的直覺洞察真相，直接把東西扔進垃圾桶。

只要重要的工作袋沒有忘記就行了。但我總覺得在阿剛的車上，遺落了我的心。而且是很小很小的心。因為小包包，其實只有兩手的手掌心合起來那麼大。

8

我雖對阿剛說了，但在四橋那間義大利餐廳的出糗記，其實還有下文。「怎會有醬子的事」初體驗並不只是日式馬桶。阿剛光聽我說到那個就已老大不高興，甚至宣稱要「放火把店燒掉」、「把店裡的人統統殺光」，如果我把下文也告訴他還不知會怎樣。如果這是在我們婚姻期間，哦，不對，在「服刑期間」發生的話，恐怕不是被他一巴掌搧飛就能擺平的問題。

我在那間「羅馬」餐廳蹲「日式馬桶」仰面翻倒時，說得誇張點簡直是震撼全店，但首先跑過來扶我的，不是服務生也不是老闆，是位子離我最近的客人。

「還好嗎？」

那人說著朝我伸出手，但他的語尾帶有一點「噗哧」的感嘆與開心，表情顯得很愉快。換言之，他的同情心在瞬間被拋諸腦後，快要憋不住噴笑的衝動了。很明顯地，對他來說這肯定是一生僅此一次的「驚異的瞬間」。

我也立刻感知這點，醉意全消。

在女性主義者看來，我這副德性簡直是褻瀆神明。畢竟日本的蹲式馬桶（不，就算是西洋的坐式馬桶也一樣）會把身體彎成上半截與下半截，上半截的衣服倒是還完好，但下半截的衣物，嚴格說來是更下半截，也就是四分之一已滑落下方，當然不那樣做就無法排泄所以無可奈何，但是吾等凡夫俗子怎會料到，有一天竟會以那種姿勢向後翻倒……

不過，當時率先伸出援手扶我起來的客人是男性，這點不知是神的好意還是惡意。稍微想一下好像是惡意，但此人就像從肺臟擠出聲音似地，發出開心的「哇塞」一聲，很誠實地表現出開心的樣子，那倒也還好。至於我，卻羞恥得頭暈眼花，想立刻爬起來，卻因狠狠撞到屁股，腰也很痛，無法行動自如，男人繞到我身後，把手伸到兩腋下扶我站起。

時值冬天，我穿了毛衣與牛仔褲。男人過去把敞開的廁所門關起時，我急忙整理下半身的衣物，拉起牛仔褲的拉鍊。塑膠樹盆栽正好擋在廁所門口，也因此，免於讓我正面春光被店內客人一覽無遺，但當時的我已無暇顧及那麼多了。

我只覺得自己在全大阪市民面前丟人現眼，即便是「無前乃里子」也想放聲大哭，眼前一片黑暗。這時可不是開心得眼前發黑。

但是放聲大哭的女人，是因為可以哭給對方看才會大哭。就像一個人無法接吻，女人也得要有對象，才會放聲大哭。而我即便有對象也沒這種大哭的嗜好，更何況現在還是獨居，不得不獨自忍受這種恥辱。我不能放聲大哭。

這時老闆與少年服務生才紛紛趕過來。這麼寫好像過了很久，其實全都發生在一瞬間。

「您沒事吧？有沒有受傷？」

他們滿臉同情，雖然沒有「詳細」看，但也猜得到大致經過，所以他們全部以「好笑中又帶著同情」還是「同情中又帶著好笑」的眼神看著我。

「啊哈。我沒事啦。不好意思，驚動大家。」

我說完想若無其事地走開，但腿部和腰部都痛得想殺人，步伐僵硬得簡直像是傀儡。

我為了掩飾丟臉，「嘻嘻。嘻嘻。」說著毫無意義的「抱歉抱歉」。

「沒事，啊，什麼事也沒有，不好意思，對呀對呀。」

我不停說著，走到櫃台結帳。

「您沒事嗎？」

「對對對，已經沒事了。」

即便擠出微笑，也心不在焉。

一走出「羅馬」，我就想，上吊死了算了！

在店裡還死要面子勉強走路，結果一個人站在電梯裡時（那間店位於三樓），全身上下頓時都在喊痛，但是連個可以倚靠的地方都沒有。到了一樓，我走出電梯獨自緩緩邁步，但要走到馬路邊的計程車候車處卻困難重重。更重要的是，剛才那場脫衣舞表演的衝擊太大，人們常形容若有地洞恨不得鑽進去，我認為這句話說得太好了。我現在就很想鑽進地底，而且永遠不想出來。

就在我氣喘吁吁、踉蹌行走時，身後傳來：「走得動嗎？」是剛才那個男人。他的聲調親切又客氣。雖不年輕但也不是老人的聲音。因為我太羞愧了根本不敢看人家的臉。此人如果真的好心，就該別管我才對。

他像黏小鳥與昆蟲的樹膠一樣緊跟著我，令我羞愧暗想：這樣還要跟嗎？這樣還要跟嗎？反而讓人覺得他很壞心眼。

我當下惱羞成怒，「我只是不太適應！」

男人聽了噗哧一笑，似乎個性很開朗。也可能是酒精所致，但他說得一口流利的大阪腔，「沒有骨折吧？」

他忽然擔心起我的身體。撇開骨折不談，說不定還真有哪裡摔裂了。尾椎骨陣陣刺痛。人類要是也有尾巴的話本來可以發揮絕佳的避震作用。

不過話說回來，我從腰骨痛到腿部，幾乎無法向前邁步。但我還是試圖甩開男人，拚命向前走，「沒事謝謝。」我說。

「那妳路上小心。」

男人倒是很乾脆，越過我朝大馬路走去。我抬眼一瞄，男人有張像銅鑼一樣渾圓的大紅臉。或許是男人走了讓我感到安心，之前一直壓下的醉意忽然湧現，實在很不舒服，於是在暗巷吐了。

（搞什麼鬼，錢都付了，真是浪費。）

好不容易吃到的美味義大利菜全部吐個精光。

女人若獨立生活，即便在這種時候似乎也會考慮到錢的問題。

與阿剛在一起的時候，我很快就習慣了揮金如土的生活；自己獨居時，同樣輕易地找回簡樸的生活感。

忽然有人替我摩挲背部。

「沒事沒事，統統吐出來就好，馬上就舒服了。」剛才那個男人又回來了，語氣中帶有「同病相憐」的味道，彼此在社會上獨自奮鬥的兩個人的寒暄。不是因為我是女人。即便對方是陌生人，聽到有人這麼安慰還是很開心。我流著眼淚繼續嘔吐，真的舒服多了。

「我看妳啊，得先在附近休息一下才行。」

「不要……緊。」

「不行不行。說不定妳剛才跌倒受了內傷，還是休息半小時或一小時比較好。」

男人以簡練明確的大阪腔說著「來來來」一邊攙扶我，但我兩腿僵硬走起路來就像科學怪人，又擔心會在整個街頭散發異臭，於是一直拿手帕半遮著臉，再加上夜裡低溫，簡直冷死人了。走著走著，塞在大衣口袋的毛線手套一一掉落，我也懶得撿起來，掛在眼角的淚痕，彷彿也被冰冷的夜風從一端凍結了。

可以休息三十分鐘或一小時的旅館，位於下下條一橫街，在男人的帶領下，我跟著去了。因為在我的意識中，比起男人，更在乎我所認同的BB美容祕訣。她說：「我的美容祕訣之二就是每天刷三次牙。」

所以我很想好好盥洗一下，把自己弄乾淨。

一進房間我便直奔浴室，拿旅館供應的牙刷刷牙漱口，順便把衣服全脫下，沖個熱水澡。房間很暖和，總算又活了過來。我心情大好，只剩下轉為舒服醉意的亢奮。

出來後男人緊接著進入浴室，當他再出來時已換上旅館提供的浴衣。我穿著毛衣與牛仔褲，說「那我告辭了」，但或許是還有幾分醉意，感覺像在說「勒我號直了」，舌頭不聽使喚，自己不禁笑了出來。

「那怎麼行呢，小姐。」

男人的銅鑼臉變得更紅，瞪大雙眼以快活的大阪腔說，並不顯得猥瑣。他的表情很豐富，在人性的各項德目之中，我把「開朗」放在相當高的位置，此人似乎可以獲得很高的分數。不知他從事哪一行，穿著相當高級的服裝，隨身物品也都是好東西，手表、皮夾、領帶被他隨手扔在旁邊，男人那廂似乎也看穿我身上「沒有猥瑣氣」。他既不像是上班族，也不像是學校老師，態度隨和，好像相當通曉事理，年約四十左右，我心想世間果真是各式各樣的人都有，對他並不反感。

男人喜孜孜地說：「我幫妳檢查一下身上有沒有骨折吧？」

「不，不用了。」

「為什麼？與其去找亂七八糟的醫生被瞎整治，還不如讓我先檢查一下，哪裡不妥馬上就知道了。即便真有哪裡不妥，很快也會康復的。」

男人熱心地說，我不禁笑出來。

「萬一反而變得更嚴重怎麼辦？」

「我不會搞砸的，那方面我很熟練。包在我身上。」

「你專治骨折……」

「跌打損傷或落枕，都是因為身體僵硬。只要鬆開筋骨，一下子就會好。」

男人揮汗熱心講解，「總之，試試看嘛。」

他打著響指，精神抖擻地站著。

過去除了阿剛，我也和別的男人睡過，多多少少都是因為喜歡或有愛情才上床。我一直以為女人，或者該說我自己，都是這樣的。

可是，我與最愛的五郎卻終究沒那種機會便結束了。

和五郎相反，這個銅鑼男頗親切，我並不討厭也不喜歡，當然更談不上愛。

可是，我卻忽然心動了。看起來很清潔很溫暖，好像充滿力量，內在紮實的壯年男人（當時我還沒聽過原梢關於少年的那套理論，但本來我就覺得那種內在尚未成形、腰細得像線的少年很無趣，並無好感），有點吸引我。或許我與原梢相反，偏好的是中年大叔。

男人並沒有湊到我身邊立刻把我撲倒，「真的。欸，只要一下子，我稍微把妳的身體弄軟，吶，這可是治百病的良藥。一劑便可百病全消，對人來說這是最好的藥了，我不會害妳，妳就聽我的，吶。」

他翻來覆去說個沒完，我實在忍俊不禁，漸漸不再排斥銅鑼男了。

男人的領帶長長地躺在我的手邊，椅子上掛著男人的長褲。領帶是淺灰色的底，色彩美麗的花朵怒放，圖案很特別，我心想這很像GUCCI的花色，結果果真是GUCCI的。

「真漂亮。」

我拿起來看，男人忸怩不安，「那種東西不嫌棄的話可以送給妳——不提那個了，吶，我說妳真的該聽我的。我告訴妳，等明天妳就會眉開眼笑了。否則這樣下去，今晚妳說不定會難過得想上吊自殺。如果發生那種事，豈不是在花樣年華發生憾事？真的啦，我這是治百病的良藥，一定會讓妳心情舒爽。」

我仰頭對著天花板笑了。

「好，那就吃藥吧。」

實在對他沒轍。天底下居然有這種男人，看來還真不能小覷世人。

「對對對，這才對嘛。」

男人說。他彷彿對自己的說服力產生了信心，更加笑嘻嘻。

我與阿剛剛開始時，阿剛（不是被他說服，而是他的性魅力讓我覺得「此人看起來很可口！」所以我樂意配合）總是高興地摩拳擦掌。

「很抱歉這樣勉強妳。啊呀，這種事還是得先徵求對方同意才行。」

我又笑了出來。

銅鑼男見我同意，笑嘻嘻地眨巴著眼。

「雖說是為了妳，其實也是為我自己……在那邊摔倒的妳，真的很可愛。我不能不管。一下子就喜歡上妳了。啊呀真開心。今天真是幸運的日子。」

然後他迅速鑽進床上，「吃藥、吃藥，治百病的良藥得趕緊吃，快過來！」

此人真是太可愛了。「可愛」的男人，真的，想必一輩子占盡便宜吧。

至於我，這時與素昧平生的男人留下了極為美好的回憶。那美好的回憶，「即便去彼世，也不可能有這麼幸福。」

最近我常喜歡這麼說，我說那是用在吃到好吃的，或達到高潮時，就是指這次的事。

離婚後，為了混口飯吃我已費盡心力，很久都沒和男人上床了。就像芽利說的，「那種事會養成習慣……」

沒機會也就算了，現在有機會自然就做了。比和阿剛做的時候更有感覺，最後被徹底擺平。然後就這樣各自搭計程車離去。

那個男人（通常，男人一完事就會翻臉不認人）身體離開後，倒是和之前一樣油嘴滑舌，親切地殷勤周到，「妳真的不要嗎？我可以送給妳。」

他把GUCCI的花領帶拿給我看。我沒收。男人說：「是別人送的。」

然後繫在脖子上。他雖態度隨和卻具有一定的知性，我實在猜不出他到底是做哪一行的。他的品味不俗，也有種處世老練的圓滑，讓人摸不清底細。

若說他是藝人或明星未免看來太正派，況且我也不曾在電視或廣播電台看過他。或許見過但我沒印象。他替我攔了計程車送我上車，「謝謝，謝謝。」

直到最後他都很客氣周到。

當然，無論之前或之後，這種經驗都是頭一遭。

那隨即與「羅馬」餐廳的出糗記形成連鎖反應，記憶不斷在腦中爆炸，「怎會有醬子的事」！眼前彷彿有煙火四射，我做夢也沒想到自己竟做出那種事。簡直是瘋了。後來，我漸漸習慣，覺得那是獨居生活「吃到最美味的精華」。

在「羅馬」的糗態另當別論。

至於我與銅鑼男的事，在他人面前隻字未提。就算去彼世也不可能有這麼幸福的滋味，還是一個人慢慢品味即可——我本來是這麼想，但有時候，忽然很想說出來。

我可以花很長的時間，慢慢物色訴說的對象。

無後哲太輕浮，阿守太年輕大而化之，我也不想告訴芽利與原梢——和啟說也不對。我與啟的交往層次不同。

抱著這種想法，一拖就拖了一年半。就在這時我遇到阿剛，但是告訴阿剛好像也不妥。所以只講了在「羅馬」的出糗過程。

對於阿剛，撇開「被徹底擺平」的感覺不談，他絕對不可能理解「女人如果獨居，便可嚐到那種治百病的良藥」有多麼開心。

因為阿剛深信我過的是「發霉的老姑婆生活」。那場大雨又持續了一、兩天，三天後才徹底放晴，這時，風已變得清涼如水，公寓前的公園樹木，彷彿起死回生。打開窗戶便有好風吹送，但是會把紙吹走，我只好四處撿拾散落滿屋的千代紙（註一）與和紙。我想試著以拼貼畫的手法做插畫，兩手沾滿了漿糊。

電話響了，我以為是來催稿，結果是阿剛。

「妳在幹嘛？」

「追著到處跑。」

「追男人？」

「追紙，因為我開著窗子。你等一下。」

我放下電話去關窗子。阿剛說：「妳忘了包包吧？」

「已經不需要了。你幫我扔掉吧。」

「裡面有錢喔。」

「你看過內容了？」

「也有保險套。」

「騙人。」

阿剛放聲大笑。

「好啦，總之我會送去給妳。」

「謝了。」

「妳現在也裸體嗎？」

「衣著整齊。」

阿剛稍作沉默，「我正在喝酒。」

「咦，大白天就喝酒？你來大阪了？」

「今天不是星期天嗎？」

「啊，對喔。」

「我是從東京打來的。」

註一：千代紙是在和紙上印刷各種花紋的日本色紙，通常用來做人偶的衣服或貼在小盒子的表面。

「那可真是不敢當。」

「那我要掛電話了。妳說『雨或蛇』給我聽。」

「哈哈哈，我才不要！」

我笑了，但阿剛沒有像之前那樣大笑。

「閣下倒是笑得無憂無慮啊。」

他該不會是寂寞了吧？

9

「我從來不懂什麼叫憂慮。」

我簡短回答。

講電話就是這點麻煩。

看不見表情時很容易招致誤解而且微妙的語尾會消失。幾乎都是用電話談公事的我，雖已相當習慣電話，但講公事也就算了，和這麼「麻煩」的阿剛講電話時，我不希望被曲解，弄得彼此都尷尬。

老實說，他打電話來，也讓我有點困擾。

上次在大雨的日子相遇，那是巧遇所以還可視為莫可奈何。

之後再打電話就顯得刻意了，別有用心似的讓人很煩。若是我，絕對不會主動打電話。

我提高警覺。

我怕萬一談崩了，那還真不知該怎麼回話。

不過，阿剛那種趨吉避凶的直覺好像也依然健在，

「連星期天也不放假還在工作嗎？妳真是窮忙活啊。」

嘴巴真毒。

嗯，這樣才好。這樣就對了。

我鬆了一口氣，「我倒喜歡這樣。而且託你的福還挺忙的。」

「老是工作多無趣啊，沒有男人滋潤。」

沒有男人的獨居生活，目前是多麼愉快，這有點難以對阿剛說明。以前我認真以為，即便事業再怎麼成功，沒有男人緣的人生終究還是一場空。但現在不同了。說到

我的人生，簡直就像掀起一場革命，我成了革命家。不是只有男人才會搞革命，也不是只有改革社會體制才算是革命。

男性社會革命家與女性人生革命家的差異，就在於男人會急紅了眼殺氣騰騰，女人卻是「嫣然一笑」在革命。

然而笑著革命的我，無意向阿剛多做解釋。與其說是因為太麻煩，更是基於禮貌。對著男人大談沒男人的獨居生活有多快樂，似乎不太合乎禮節。

「說到星期天要工作，閣下好像不分周日或平日都在喝酒吧？」

「喝酒也是工作之一。」

「咦，東京是這樣啊？」

「唉，東京可有趣了，與大阪截然不同。我深刻體會到大阪果然是鄉下。不管從哪方面看，大阪都是鄉下。老舊、落伍，連人的屁眼都特別小。」

哦……

那你幹嘛還用鄉下的口音說話？你給我改掉大阪腔！

「那你該用『做了唄』或「沒趣兒」這種東京腔講話。」

我故意發怒也是對阿剛的一種服務。

「幹嘛，想吵架嗎？」

阿剛果然喜孜孜地略帶氣惱地說。這是在鬧著玩。

「我才不跟你吵架。我現在完全是走〈日安歌謠〉路線。」

我忍不住脫口而出。

對話一旦說開了，便不禁沉浸在往日氛圍中，變得特別饒舌，連本來不必說的都說出來了。

「〈日安歌謠〉是什麼意思？」

阿剛果然如我所料反問。他好像換了個姿勢拿電話，態度悠然，「閣下何不也拿酒來喝一杯？」

「現在是大白天吔！」

「所以才叫妳喝呀。晚上如果這樣做妳等著瞧。不知會說出什麼。搞不好會血流成河。透過電話觸電而死都不一定。」

「哼。我還要忙著工作。」

「笨蛋，妳這樣只會年華老去。妳想整天工作，迅速變成皺巴巴的歐巴桑嗎？」

「那有什麼不行？」

「怎樣都行，總之，儘管喝。我請客。」

「請客？你要怎麼請!?」

我這麼一說，阿剛終於放聲大笑。

聽起來心情很好，而且有一點醉意，但是透過電話無法確定那複雜微妙的弦外之音。這下子我也拿他沒轍了，「你等一下。」

我說著從冰箱取出冰塊，用水稀釋威士忌。拿到電話旁邊。

「我喝了。」

我對著電話說，然後喝了一口。

「乾杯！」

阿剛也說。

「話說回來……」

他好像停下來啜飲了一口酒，「剛才妳提到〈日安歌謠〉是什麼意思？」

「嗯……」

就是最近總是莫名地在工作時哼唱的歌，我也不知道腦海為何會浮現這首歌。

並不是寫在哪裡，也不是在哪本書上看到的，但就是不自覺脫口而出。身為微笑的革命家，或許是因為現在的生活太快活才會脫口而出。節奏與旋律都是冒出口後才發現，以前Duke Aces四重唱曾經唱過一首「青梅竹馬的回憶……」就是那個調子。

「最近突然就脫口而出，也不知為什麼。」

我簡短向阿剛說明。

「妳唱唱看。」

我心想幹嘛非得對著電話唱歌不可，不過稍微以酒潤唇後還是唱了。

有一天我應該會死
所以我不想吵架
以便我們在彼世相逢時
可以說聲日安你好

「這首歌，別名又叫做〈有一天歌謠〉。」

「妳白痴啊。」阿剛說。

「說話別像校長一樣！」

聽到他這麼說，我覺得很好笑。

「真可悲。妳只能唱那種喪氣的調子聊以取樂嗎？」

若要找樂子，其實多得是——我很想這麼說。我舉出最近最切實感受到的樂趣。

「我喜歡旅行。想到的時候就可以馬上出發。」

「旅行？一個人去嗎？」

「是的。」

隨時想到了便可立刻出發，這正是獨居的好處。很久以前，我是指在我還沒結婚前（稱為第一期，或不如說是人生的第一幕），我愛怎麼旅行都行，但我卻沒有那樣做。不僅忙於工作賺錢，還急著向男人頻送秋波。

至於接下來的第二幕，就是與阿剛的婚姻期（服刑期），那時與阿剛在一起就等於旅行，每天忙得頭暈眼花很有意思，但在阿剛的討好寵愛下，「長途旅行的疲累」忽然一下子冒出來了。

然後是現在的第三幕，我再次發現「可以去旅行！」這件事（只是發現，還沒去。沒多久前才忽然有了這個念頭）。

「那樣不嫌無聊嗎？」

阿剛又潑我冷水。

「像閣下這樣的半老徐娘獨自旅行，太丟人了。」

「為什麼不能獨自去旅行？」

「不自然。」

「我還年輕得很。才不是半老徐娘。不過半老徐娘獨自旅行聽起來的確很寂寞。」

「不行。就算年輕也不自然。一個女人獨自旅行太難看了，也不能進餐廳。上次妳不是說曾經在餐廳出糗嗎？就是因為妳一個人去才會發生那種事。」

「男人還不是照樣一個人去餐廳。」

我差點說出那個銅鑼男的事，但幸好忍住了。

「男人不同。男人不管獨自做什麼都有模有樣。男人獨自進餐廳或酒館都沒問題。

因為可以與店裡的人交朋友。不算是一個人去。」

阿剛這位仁兄為何能夠如此言之鑿鑿呢？

（阿剛是個宛如銅像的人。）

我驀然暗想，不禁偷笑。銅像是憑著確信而站立（當然也有坐著、蹲著、或騎馬的）。對於受到眾人仰望毫不羞赧。對於站著也沒有羞愧與疑問。十分可笑。

我當然知道阿剛是在開玩笑，並非真的如此斷定，這點與其說好笑，更讓我有點懷念。

「等一下。我再去倒一杯摻水威士忌。」

我說著放下電話離開，但不知是他掛斷了還是電話發生故障，總之等我拿起電話時，早已斷線，不過，回味起來倒也不壞。

阿剛在電話裡提過會馬上把我遺落的小包送回來，叫我對他說「謝謝」，但我都已經先道謝了，他卻一直沒送來。阿剛本來就不是擅於處理這種瑣碎事務的人。

我知道他不是耍嘴皮子唬我，但想與做是兩回事，其實以阿剛這樣的身分地位，就算不親自動手，隨便命令一個人也行，但光是「命令」他都懶得做。

不過即使他真的要「命令」，讓公司祕書送一個女用包也很怪，交給女傭也不知會妥善處理到什麼程度——看似簡單，仔細想想其實怪麻煩的，若站在阿剛的立場考慮，或許的確棘手。

若在以前，這種事情一概由我包辦。

阿剛會說：「這個，妳替我送去某處！」

「是。」

我只要這麼一說，東西立刻順利送到，一下子就解決了。

「妳替我寫封信！幫我道謝！」

或者，「妳隨便替我道個歉！」

「妳替我安排一下事情！」

諸如此類，只要阿剛開口，我說聲「是」，但寫好的信函不會以我自己的名義署名——也就是我不會寫上「乃里子」這個名字，而是在「中谷剛」的左下角，寫個小小的「內」字，表示自己是阿剛的賤內，也是阿剛這個機構的一部分，是阿剛的私人管家、私人祕書。最重要的是，我一步也跨不出阿剛以手指描繪的圓周之外，也沒那個意願，他讓我心甘情願在那範圍內拘謹地安享人生，甚至誇耀這樣的人生，四處向人炫耀。可是表面上卻得裝出拘謹、謙虛的樣子。

「內」

連字體都得寫得特別小，自己還很得意。我邊寫邊自得其樂，我為這個「內」字心醉神迷，「嗚呵呵」地偷笑。不像現在的我，毋需忌憚任何人，光著身子吃飯，「哇哈哈」那種豪邁痛快的笑法。

是一個人偷偷竊喜，不開朗的「嗚呵呵」的笑法。

我連「內」這個字的字體都寫得很小，彷彿被埋進阿剛的名字裡，不僅不寫自己的名字，甚至還覺得世間這種風俗習慣很有趣。不，其實當時我沒想太多，只是有生以來頭一次這樣寫覺得很好玩，所以才那麼做，現在想想，那根本只是我自己在玩沒有意義的「賤內遊戲」。

賤內遊戲姑且不論，男人事事有這樣的私人祕書在會非常輕鬆。但現在阿剛能對誰說「替我把東西送去某處」呢？想到這裡，不免又有幾分同情。

畢竟，男人的手指粗大不適合精細的作業（當然，粗指只是一種象徵性的說法）。

男人試圖以粗大的手指笨拙做某件事卻不得其法的樣子，有時候會激起女人的憐憫。於是，女人因同情男人的笨拙而結婚，把瑣碎繁雜事全都一肩扛起，乖乖寫上「內」，不管有沒有意識到，都對這樣的自己陶醉滿足，「嗚呵呵」地偷笑。

那個「賤內遊戲」並不止於遊戲，想必有人當真持續了一輩子，當然也有像我一樣察覺那是「遊戲」後就玩膩的女人。

最近，我覺得兩者都不是真的。

當然，兩者都很上等，兩者都不是假的。

我逐漸覺得無論是哪一種，只要合那個女人的性子，又能與男人的風格契合也沒啥不好。

先不談別的，對於上等與真貨，我已不想再做出那麼高的評價。即便是假貨，只要能夠堅持假到底，遲早有一天，也會看習慣，變得不再礙眼。

不過那都不重要，總之阿剛用男人的「粗大手指」做瑣碎工作太可憐（他似乎還單身，沒有討到下一任「內」夫人），所以那個小包包沒有送還給我也無所謂。我並不太在意，沒關係。

再加上工作忙碌，不知不覺也就忘了。這個忘記或許也足以證明我是加害者——就阿剛與我的關係而言。

我可以忘記阿剛。

加害者會忘記自己傷害過別人，受害者絕不會忘記——我想應該是這樣。當然，其中也有正因是受害者，為了快點遺忘所以變得漠不關心，加害者卻拖拖拉拉，一直難以忘懷的例子。

不管怎樣，男女之間的關係若塗上加害者受害者的顏色會很複雜。這種情形還是雙方都盡早忘記比較好。這麼說或許自私，但那種事我早已拋諸腦後。

夏末威力不減，連日悶熱，芽利說：「接下來輪到我放暑假了。」

根據芽利的論調，盛夏期間她還能忍耐。夏日陽光很強烈卻沒有壞脾性。況且街上到了暑假也人跡稀少，商店也關門了，工廠也休息了，所以空氣變得清新，這種時候即使住在城市，反正有冷氣並不難受。

可是到了九月人潮重新湧現街頭後，那些熱氣與殘暑一下子就污染了街頭的空氣。

「最主要的是，這種殘暑非常惡質且壞心眼，對身體不好。」

這就是芽利的論調。

而且，她還深信：「曬到日光的人會早死。」

我熱愛大自然，所以也喜歡夏天熾熱的陽光，喜歡流汗。

BB說：「喜歡的季節是夏天，喜歡的聲音是風聲與浪濤聲，喜歡的收藏品是夏天的洋裝。」

我雖不會游泳卻熱愛夏天，也喜歡浪濤聲，以及山風聲。

「別傻了。」芽利顫抖著說。

「日光會令女人蒼老，而且身體細胞也會加速乾涸，我深深覺得，人類尤其是女人，和蕨類植物一樣，完全不曬太陽當然也不行，但是曬點淡淡的日光，或是透過窗簾射入的日光就行了，那是最好的。」

「意思是說女人要躲在陰影中？」

我說著笑了。芽利染成栗色高高梳成髮髻的頭髮散落幾絲碎髮，就像纖細的蕨葉般搖晃著點點頭，「女人，或者該說中年女人，妳懂嗎？這把年紀可不能再曬什麼太陽，水氣都曬乾了，那樣會出現皺紋，天啊，恐怖喔恐怖。」

「又不是河童頭頂的盤子（註一）。」

我失笑，但芽利是認真的。

「我不會害妳，乃里子，妳最好也不要再曬太陽了，還有，殘暑的炎熱也很陰險難纏，所以格外要小心。」

炎熱還分難不難纏，這我還是頭一次聽說。芽利盛夏都窩在上六區的含羞草大樓頂樓的私人空間裡，但自八月底至九月初，或者到九月中旬，她會像躲避什麼似地出門避暑，「妳這是錯開時間的避暑方式呢。」我說。

芽利間不容髮頂回來：「可是，不管是哪個避暑盛地，都還是依照旺季的價碼收費。」

自食其力的女人無論何事總是立刻就會扯上經濟問題，對那方面特別敏感。

每年，她好像都會挑個避暑地的飯店出門，帶著「海豹屋」的謙太郎（女扮男裝的酒家小姐）之流去六甲山或有馬，有時甚至還會一個人遠征北海道，但今年芽利說：

「我打算去輕井澤，乃里子妳要不要一起去？」

「那是東京人才去的地方吧？」我一直這麼認為。

在與阿剛結婚後——或者該說在那之前，與阿剛交往後，也去過他的別墅（充滿上流意識的阿剛總是說，「這應該是妳第一次親眼見到一口氣擁有兩棟別墅的人吧？」乘機炫耀他的富豪本色），但在那之前我根本不會去避什麼暑。

本來關西人就沒有什麼避暑的習慣。神戶的海風很涼快，六甲山位於市區另當別論，總之京都人與大阪人似乎沒有什麼避暑的傳統。

比起關西，氣候更宜人的東京反而有避暑的習慣。在京都和大阪自戰前就建造適合夏天居住的房子。細長的走道、有水井的中庭、花木扶疏的內院、寬闊的簷廊還掛著竹簾，不停往地上灑水。輕嘆一聲：「夏天到了啊。」

然後穿著絲綢做的內衣與日式家居服，靠風鈴與涼席消暑。我家是庶民家庭，所以沒有走道和寬闊的簷廊以及樹木繁多的內院，但每到夏天我媽就會以草簾取代紙門，在床鋪放上涼席（唯獨這個，再貴也得買真正的藺草涼席）。

睡起來沁涼涼的可舒服了。

註一：河童是日本傳說中的生物，據說弱點為頭頂的盤子，只要盤子裡的水乾涸，河童就會死。

在芭蕉扇上灑水再搧動，也會很涼快。

畢竟我是那樣長大的，所以即使再熱也不會有去避暑的念頭。恢復單身生活後，甚至覺得中元假期前後街上特別安靜反而更適合工作，我就像正月新年一樣預先儲存一些糧食，過得很開心。

況且一個人住的話，每天一年到頭都等於是在避暑、避寒。

「唉，是沒錯啦，但去外地不也很有趣嗎？」

芽利說，這個「不也很有趣嗎」對女人有極大的吸引力，只要這麼一揮舞旗幟，大家都會乖乖聚集過來。我本來盤算明年應該可以去山上或海邊，但仔細想想，明年還不知會不會有那種心情，身為「無前乃里子」明年是否活著都不確定，於是我想，趁著能去的時候就去吧。

即使產生這種心境也不會被任何人指責，這正是「獨居者的幸福極致」。

即便別人勸我要存錢喔，或者說妳老了以後要怎麼辦，我也只是滿口「是是是」敷衍帶過即可，這點實在棒極了。

「嗯，那就去吧。只聽說過那是東京人去的地方，說不定會很好玩。」

我這麼一說，芽利說：「唉，其實也沒啥特別，不過比起盛夏，現在人少了一點，會很舒服喲。」

芽利已去過輕井澤多次，據說每次住的也是同一家旅館。她說要住就一定得住明治時期建造的西式木造旅館。

「最近，不是出現了許多歐風民宿嗎？我倒是很想去那種地方住住看。」我說。

「啊呀，那等乃里子妳一個人去的時候再住吧。我可不要，那裡擠滿年輕人，而且還有小孩，比起初秋難纏的殘暑，對中年人更不健康。被迫彈吉他合唱的日子簡直慘不忍睹，恨不得死掉。」

芽利發出真的很想死的悲鳴。

「而且還有全家大小集體出遊，該怎麼說，那也很討厭。連狗都自以為是家中一分子，跟著到處打轉，那也很討厭。三、四歲的小孩跑來跑去也令人窒息。」

聽她這麼說，我嚇了一跳。

小孩倒是無關緊要，即使遇上攜犬出遊的全家福，我也不在乎。人類家族與狗都是自然的一部分嘛。

阿剛以前很討厭貓狗。他總是說那些小畜牲腆著臉好像被人養活是應該的，那種態度太傲慢。因為阿剛這麼說所以我沒養。況且，住公寓也不適合養寵物。

我現在住的也是小公寓，不能養寵物，但我並不討厭。不遜於向來對貓狗報持善意、愛護動物的ＢＢ，我也喜歡動物，只是沒辦法飼養。因為我覺得若要養動物，就得給動物開闊的空間與自然環境，否則太可憐了。

將來如果搬去鄉下住，我或許會與犬為友。

ＢＢ在電影最賣座之際說：「我愈來愈討厭巴黎了。」

但我目前還很喜歡都市。尤其是在大阪的獨居生活。

10

我在大阪南區的中心與芽利聊著天。拐彎進歐洲街之前的周防町通，與對面的美國村不同，人們常說這裡是高級精品店與奢華時尚大樓林立的地區，至於與美國村究竟哪裡不同，「美國村的年輕人會從口袋掏出千圓鈔票，但歐洲街的粉領族會從GUCCI的皮夾取出萬圓鈔票。」這是報紙上的描述。不愧是報紙，果然形容得十分傳神。

隔著御堂筋相對的美國村與歐洲村，氛圍截然不同是最有趣之處。而我與芽利現在喝著香氣宜人的紅茶，就是在歐洲街的ヨ字之處——周防町通。

「這一帶有人提議應該稱為『法國街』。」芽利說。

從心齋橋筋往疊屋町筋走進巷道後被稱為西班牙街，所以再多條法國街也無所謂，但我特別喜歡現在喝茶的這間「長崎堂」。穿過賣點心的店頭繼續往裡面走，只見拼木地板配上白牆、金色水晶吊燈，儼然是帶有法國風味的「**Salon de thé** NAGASAKIDO（長崎堂）」，在更後方還有稱為玻璃盒的玻璃牆小房間。室內裝飾著乾燥花與古董娃娃，因此裡面禁菸。此外還放了我們美其名曰「史密斯先生的音樂鐘」的大型柱鐘式音樂盒。

起先我嘖嘖稱奇不明所以，只見柱鐘的框架後方，有個巨大的圓盤，再仔細一看，邊緣呈鋸齒形，我嚇了一跳，說：「啊！這是音樂鐘嗎？」

芽利說：「對呀，去拜託人家讓我們聽聽看吧？」

芽利說著走向裡屋，把風韻十足的美貌老闆娘請來。她似乎也對那個「史密斯先生的音樂鐘」（木雕上註明是某某史密斯氏做的。是百年前或一百幾十年前的出色古董）

感到自豪，欣然放進一枚硬幣，親手搖動握把。

於是，從未聽過的悠揚明朗的音色流洩而出，彷彿有許多鐘聲交織，但旋律快活綺麗。風韻十足的老闆娘說，她猜想，這應該是婚禮上演奏的舞曲，或是婚禮結束後為新郎新娘演奏的曲子。喜歡音樂盒的我說：「這麼美的音色頭一次聽到。」

我非常開心。老闆娘當初在古董市場發現這座古老的英式音樂鐘時，一下子就被吸引了，再聽到音色後，據說當下決定無論付出任何代價都要把它買回來。

我與芽利衷心地為老闆娘開心。

因為人生能發現自己心儀的事物是最大的幸福。老闆娘說：「當時我根本來不及看價錢。」發出可愛的嬌笑聲。但一起去看貨的老闆卻慌張地說：「妳看到價錢沒有!?老婆！」

「老公，我一輩子都穿牛仔褲與T袖沒關係！」

據說老闆娘如此懇求。

現在，「史密斯先生的音樂鐘」以乾燥花裝飾，在玻璃小房間發出典雅快活的音色，洋溢整個店內。若將這音樂鐘的音色切碎做成點心，就是「長崎堂特製糖球」。

來到這間店，一定得買別處買不到、只有這裡才有的「長崎堂特製糖球」。那顏色簡直如夢似幻，淺粉紅色、淡藍色、雪白色這三種顏色的小顆粒，就像小珠子或鈕釦或寶石。放滿小盒子時，看起來彷彿珠鍊斷掉，只好先把散落的珠子蒐集起來放在一起。拈起它輕輕放入口中後，香甜的洋酒瀰漫口腔，而且顆粒很小，只有舌尖在一瞬間微微迷惘地沉醉，隨即甜味與香氣留下餘韻消失了。是充滿夢幻色彩的糖球。

「芽利姊，妳要買嗎？我要買糖球。」

我這麼一說，芽利說她也要買。

來這間店喝茶，再買糖球回去，也是逛歐洲街的樂趣之一。

而且，這也是獨自旅行才能做到的。

剛離婚時我沒錢，也沒有多餘的心力在歐洲街（不過當時這一帶還不叫這個名稱，只有美國村）閒逛，現在卻可以這樣「獨自旅行」。至少也有錢買糖球了……

說到錢，女人與錢的關係很不可思議。芽利給我的感覺是「深不可測的大富婆」，但另一方面，她有時也讓我驚訝。我說要順便去美國村逛逛，「那，我也跟妳到那邊吧。」說著便跟著一起來了，但我的目的是美國村的夏季大減價。

我以前訂做了很多華貴的衣服都留在阿剛家了，已忘記都是些什麼樣的衣服，但有一點倒是拜其所賜，現在無論在高級精品店看到多麼高貴的衣服，都會覺得，啊，那個我以前就訂做過了，以前就穿過了。

所以已經免疫，不會再被好奇與渴望慫恿。我也不再想要昂貴的衣服，現在穿T袖和觸感柔細的丹寧布長褲與短褲便可度過一整個夏天。我買了很多棉質的夏季洋裝，可以在家放心大膽地搓洗，將木珠項鍊戴在脖子上或在手上繞好幾圈，或是把貝殼工藝品用鍊子穿了當墜子，連我都佩服自己真是不花錢的女人。如果稍微買點過季的特價品，治裝費會低廉得可笑，想想以前簡直像是一場夢。

以前每一季都會訂做很多喬其紗或烏干紗的衣服，或是綴有閃亮寶石或刺繡的昂貴華服，做得太多等到下一季已經忘了，於是又再做新的，一套要價幾十萬的衣服往往做好了卻一直沒穿，用薄紙包著一一收在盒子裡。這樣的衣服堆積如山。

阿剛以前勸過也罵過我，他說：「妳奢侈三年養成習慣試試。以後妳再也過不了那種數著銅板才敢花錢的生活。」但我現在不在乎，我不覺得精打細算才花錢很難受或很窩囊。仔細檢視這個月的瓦斯水電費帳單，我會想，嗯，比上個月多了一點。

然後不當一回事。

反正，非穿華服才能去的地方，已從我的生活中消失，而我也不再對用的與住的那麼執著。

但最近我對棉布十分感興趣，連晚宴裝都用那個，而且是單薄的棉布。

我之所以想起棉布好，對我來說其實極具象徵意義。人造絲或聚酯纖維這種人造纖維穿起來就是不舒服，雖然內衣和襪子還勉強會用尼龍材質，但我還是盡量尋找純天然的產品。

簡單，純天然——我漸漸喜歡這樣的東西。我認為這就像獨居生活的樂趣要素。好不容易可以宛如初生赤子般一個人赤條條，生活也該如此。

我甚至覺得，就是為了過這種簡單生活才與阿剛分手。當然，說穿了是與阿剛奢華度日的反彈，令我轉向簡單自然的生活。總而言之，我現在只喜歡棉布。棉布最好。不分炎夏或寒冬我都愛用棉布，大減價時一定會買，現在這個時代只要有心絕對可以平價過生活。

不過，重點在於買了適合的物品之後還要再花點心思。

比方說換個鈕釦。

而且是在瓶蓋上以壓克力顏料繪圖當鈕釦，或是在袖子縫上美國製的布徽章，或者繫上蝴蝶結。

至於包包，我會將原來的把手剪掉，換成鍊子或繩子，或者用瞬間膠把珠子黏在鞋子上，這麼一「玩」，隨便都可匹敵幾十萬的華服。那些別人送的毛皮大衣現在連想都想不起來。買一件寬大的男用防水外套，便可天天穿著度過整個冬天。

而我自認已是非常好養的女人了，卻還是比不上芽利。

在近黃昏時，我走向亮起鮮豔霓虹的美國村，芽利也跟來了，她說「我也跟妳到那邊吧」，原來好像是打算去橫巷裡的麵包店。那間小小的麵包店貼著「特價麵包」劃紅線的告示，芽利熟練地從推車上堆滿的麵包中拿起一條。比起架子上的麵包，推車上一條麵包便宜二十圓。

「這裡，這個時間來就會減價，賺到了。」

芽利付了錢，把半斤土司夾在腋下，開心地說。我很想驚呼，「只為了二十圓!?」

「對。可是我總覺得賺到了……」芽利語帶溫柔不好意思地說。

「我這人就是不行……」她說出口頭禪。「老是省小錢花大錢……」她笑了。

這是她的老毛病，我也會特別留意，以免被她那溫柔又含羞帶怯的聲音欺騙。因為她就是可以一邊弱不禁風地講出這種話，一邊賺到兩棟大樓的人。

而芽利的優點就是不會拿那個當武器教訓我什麼「妳就是這樣才存不了錢」云云。

我最討厭人家對我說教。尤其是為了錢。

我曾以為阿剛因為很有錢所以對我的浪費毫無意見，甚至還沾沾自喜，結果他並非心胸寬大，而是當作某種證明（例如愛或溫柔的證明），在心中一筆一筆記下。一有什麼事，他就會翻出那本舊帳，聲稱他為我花了多少錢。最後，連我們同住的公寓裝潢費，他都聲稱是為了我花的，「所以都得記在妳的帳上。」令我當下驚呼。

偶爾也有人為了錢對現在的我說教，但是看了那種人的生活我一點也不羨慕，所以他們關於錢財的說教毫無意義。芽利或許也知道所以不會對我那麼說，倒是我，看了芽利的作為想了很多。

芽利可能是因為自己也開店做這一行，對於服裝時尚他不輕易說出「太貴」或「太便宜」的判斷。而且也是在我問起時她才會說，不然平時她很少提。

另外她很會殺價。

有一次，我在不熟的珠寶店發現了一只鑲珠寶的別針。那間店位於心齋橋筋，我認為應該不會是假貨，但實在太貴了。那個鑲珠寶的別針鑲嵌了鑽石與祖母綠，別針的部分是黃金。身為簡單自然人的我，珠寶全都留在阿剛家，手邊什麼也沒有，但我喜歡「別針」這種設計，很想買下。

「想要就買吧。不過我覺得那個價錢好像有點貴。要不要我幫妳問問？」

芽利這麼說，我當然求之不得。芽利進了店裡在椅子坐下，從她每次拿的鼓形黑色天鵝絨包包，取出金色打火機與菸盒，慢條斯理地開始講價。她拿起鑲珠寶的別針，時而貼近眼前時而拿遠，時而褒揚時而貶低，以溫柔的態度不疾不徐地一再殺價，最後殺到七折。然後她以美麗的玉指摁熄香菸，朝我拋個媚眼示意「這樣差不多了」，呆呆聽他們對話的我，這才驚愕地慌忙付錢，把別針收歸己有。芽利說：「不好意思，打擾太久了。」

她站起來，就像纏足般以搖擺的步伐扭腰走出珠寶店，店員跳起來，比對待那種不殺價的客人還鄭重，「謝謝惠顧。歡迎再來！」

就這樣恭送我們離開。

她那種本事與高雅的風範，可不是別人模仿得來的。

但芽利走到外面還在說：「就價錢而言我覺得那個別針太貴了——不過，既然乃里真的想要，那就值得。」

她又說：「那間店太頑固了。若是我認識的店，應該還可以再殺個一折或半折……」

她打從心底感到遺憾。

我實在無法像芽利那樣。大阪的女人並非各個都像芽利。

而且，也不是每個女人都不捨得花錢，例如原梢，她每個月都會給獨居的老先生或老太太零用錢，已經持續了十年左右。在「馬契羅」用餐，菜還沒送來之前，她當著我的面，說聲「不好意思」，以熟練的動作將現金袋塗上漿糊封口。先往這邊摺，再反向摺，再對摺，貼上兩枚封緘貼紙，蓋上印章，不假思索用原子筆寫上姓名，「我這樣子按月寄錢，已有十年了……我是想，現在我這樣對人，將來或許也有人這樣對我。」

她說著，動作非常熟練。

「我喜歡這種現金袋。這邊貼一下那邊貼一下，再砰砰砰蓋上章。」

原梢嫣然一笑，我這才想到美國村有間我常去的「德州」，店裡的女經理也是獨力撫養兩個孩子。還有我常去的美容院老闆娘，不但奉養母親還供弟弟上學，大家都是女孩子，大家都很能幹。到處貼貼紙砰砰砰蓋章這種事，只要是在工作的女人好像多多少少都在做。

那也是我恢復單身回到社會才發現的。以前的「第一期單身」時代，畢竟只顧著談戀愛，對社會上的事根本不懂。

深諳世事後，我才放眼四周，發現大家雖是女孩子，一樣很能幹啊。對於住在大阪這個城市、享受這個城市的我，連自己都覺得「開心得眼前發黑」。

按月寄錢給老先生老太太已持續十年之久的原梢，以及一手撫養兩個小孩的女經理，奉養母親供弟弟上學的美容師，她們對於生活的種種繁瑣隻字未提，總是滿面笑容，我喜歡他們的態度。而且實際上還把賺來的錢寄往各處，「貼上貼紙砰砰砰蓋章」。

自從得知此事，我與女性朋友的交往變得很有趣。說真的，漸漸了解世事的深奧後果然有更多不同的品味方式。

與芽利道別後，我一一逛了「赤富士」、「Our House」、「My Way」、「薔薇繪亭」等商店。不過美國村的店面不知為何總有獨特的氣息。是什麼呢？油漆味？還是衣料的味道？亦或是因為總有年輕的男男女女出入，被那種熱氣帶來的？

「德州」果然正在「全面六折」大減價，我對女經理說：「妳好。」

我採購了粉紅色短褲、百威（**Budweiser**）的T袖。然後又買了沒打折的直筒牛仔褲和寬大的皮雕皮帶，順便還買了西部牛仔風的皮領結。

（就穿這個漫步輕井澤吧！）

我對沒見過的輕井澤浮想連翩。我只認識關西的別墅區，論及別墅區也只能想到六甲山。六甲山是山，所以樹木叢生，大白天也有霧氣瀰漫林間，晚上可望見城市夜景，霧氣怎麼吹也吹不散依舊氤氳，所以沾溼了頭髮怪冷的。

對了，說不定會很冷。

我當下起意添購紅色格紋長袖襯衫（這也是秋季新款所以不打折）。我在下意識中配合著六甲山的氣候採購服裝。正在架上挑選皮革短罩衫上的布徽章綴飾之際，身後傳來人聲。

「妳買那種東西做什麼?」

原來是「無後哲」。

「『無後』財閥也會趁著大減價搶貨嗎?」我調侃他。

「不，我本來要去前面的『藍月』。結果看到妳在這裡。」

「藍月」是舊貨店，專賣美國五〇年代的東西。店後方有美國的中古家具，還有美國國旗做成的抱枕，但阿哲是個動不動就愛模仿年輕人的中年大叔，說不定也想打扮成五〇年代的風格。不過，年輕人這麼做或許有趣，歐吉桑做來就遜掉了。更何況是阿哲這種大肚子、微禿、小鬍子的中年人，搞不好看起來會很像外星來的鄉巴佬。

「這是什麼話，看人穿合適就好啦。」

阿哲看我的紙袋塞滿戰利品，問我是否要去旅行。

「我要去輕井澤喲。」

我們之間，現在流行說「喲」。阿哲嚇一跳。

「為什麼?那種地方是東京人去的吧?」

他的說法跟我一樣。女經理說：「現在正流行去輕井澤旅行呢，乃里子小姐果然還年輕。」

前半句是對阿哲說，後半句是對我，她好像以為我是看小女生愛看的時尚雜誌被慫恿而去的。

「幹嘛非得特地去東京不可？」

阿哲滿臉不可思議地說，這似乎是大阪人的普遍感想。

若說去看富士山，那大家還能理解。畢竟，關西沒有富士山。

或者若是為了去看二重橋的皇居，去國會玩，去靖國神社參拜，大阪人也都會「哦」一聲地欣然點頭。

「去那種食物難吃得要命的地方太可悲了。」

除了「食物」和「女人」，「想不出別的」的無後哲不可思議地說。大阪人好像死也不想去「食物」難吃的地方。

「真的很難吃嗎？」

「那裡只有樹上的果子與醬菜喲。虧妳敢去那種地方……去六甲山的話，地方又近東西也好吃。啊，對了對了，我老媽已經不在那裡了。要不要去我六甲的別墅玩？」

阿哲每次說到「老媽」時，都帶著對他母親這位女中豪傑深深的畏懼，就連毫無關係的我都跟著膽戰心驚。「老媽」這次比往年多待了一星期避暑，但是已經打道回府，現在天天守在公司。

所以，六甲的別墅目前空著，可以正大光明地去住，於是阿哲邀我：「去玩吧？」

但是，我總覺得這樣好像是山中無老虎，猴子稱大王。如果我得意忘形真的跟阿哲去了六甲的別墅，「老媽大人」也許會突然出現，弄得我狼狽不堪。「你們兩個，在幹什麼！」搞不好被老媽大人如此怒斥嚇得跳起來，簡直像中學生的不純潔異性交往。

阿哲這位「老媽」若是另一半也就算了，問題那是他親娘，真是傷腦筋。

「那種事就跟妳說不可能發生啦。我老媽真的沒什麼好怕的。」

阿哲大力遊說，實在很可笑。

如果真的沒啥好怕的，他犯不著講得這麼用力。老媽大人掌管整個公司，而且精明幹練，這是眾所周知的事實，但阿哲對此似乎毫無不滿。大阪男人好像多半在母親面前抬不起頭。就算沒有掌管公司大權，哪怕只是普通家庭的歐巴桑，只要成了「老媽大人」，男人大多還是會看她的臉色行事。

我跟著阿哲去了「藍月」。經過阪神高速公路入口已經快到四橋筋了，那是一家是很像山中小木屋的店，可能是正好沒客人，店員也跑到店外聚集在壞掉的沙發上乘涼。這張中古沙發也是要賣的，但是看起來很像大型廢棄物。

「怎麼這麼不景氣啊，連個聲音都沒有。」

阿哲抱怨。

「對不起。」

店員們趕緊回店裡，開始大聲播放〈給你宙宙〉。

「大聲一點，否則就不像美國村了，打起精神來！」

挺著大肚子的阿哲以河內腔（註一）說，並挑起店裡頭的舊領帶。

「那是洛杉磯的貨。」男店員說。

真的是很老舊的領帶，不是特別窄就是特別寬，一看就是早年的花色。

註一：河內腔是大阪府東部的河內地區使用的方言

不過話說回來，這間「藍月」也有一種特別的氣味。不是汗臭味，也不是油漆或松香水的味道，倒也不會令人不快，只是置身在這獨特的氣味中，自己好像也變成某種「共犯」。

不過，就算我說：「有味道吔，這是什麼氣味？」「藍月」的男店員和「德州」的女經理乃至阿哲好像都一頭霧水。

之所以會一頭霧水，可能是因為他們已經太習慣了，而我算是新面孔。但我也喜歡待在那種氣味中。阿哲挑了紅底菸斗圖案的領帶。菸斗冒出白煙，那種復古帶點鄉村風味的感覺還不錯。

「打個折吧，我還得花錢送去乾洗。」

「這已經是特價了。」

「少來了，從洛杉磯的廢棄物與廢紙回收站弄來的破爛，還敢獅子大開口。」

「您太狠了吧，金井先生。真是拗不過您。」

阿哲在美國村也很吃得開。外面天色已暗，美國村已經開門營業的店目前還不多，一間一間閒逛的年輕人陸續出現，也有人存心炫耀，開著亮晶晶的古董車噴著白煙龜速行駛。雖是無關緊要的小事，但這昏暗的道路與豔麗霓虹的對比格外惹眼，我喜歡大阪這個鬧區中心，宛如黑洞的暗路與商店的氣味。

雖然也愛自然，但我也喜歡城市。

阿剛嚇唬我「那樣會年華老去」，但是，「那樣有何不可？」況且，將來的事誰也說不準。

ＢＢ不也說過：「我對自己的將來毫無確信。人生沒有任何一件事是確定的。」

聽到了吧？

這是她拍完《江湖女間諜》（Viva Maria!）這部電影後，年約三十一、二歲，歷經數次婚姻傳出種種緋聞，在她仍然美麗動人閃閃發亮的三十幾歲時，所發出的「嘲笑」。

11

主張「女人是蕨類」的芽利，為了避免曬到太陽，戴著大帽子，脖子圍著薄紗絲巾，還有蕾絲手套與長袖衣服，簡直像要去傳染病猖獗的地區，不得不全副武裝似的。

至於我，穿的是上次在美國村買的紅色格紋襯衫與直筒牛仔褲、寬皮帶，胸前的玩具機器人徽章和美國製布章是出於童心。

我只拎著籐製行李箱與大布包，芽利卻準備了兩個大型行李箱，由她公司的強壯（看起來是）女孩輕鬆地幫她拎著。

「社長，有事請打電話給我。」

那個女孩說。這是我第一次聽到有人喊芽利「社長」，那是在大阪的新幹線車站。到了東京換乘開往輕井澤的列車時，又有一個看似「強壯的」女孩出現，不發一語便抄起（真的是這種感覺）芽利的行李箱率先帶路。

那是什麼樣的女孩，我不知道。或許是芽利分公司的女職員。因為芽利也做時裝衣料的批發。

不過無論是哪一個女孩，看起來多半像「海豹屋」的謙太郎那種類型，身材粗矮，但相當勤快，動作利落，有張娃娃臉，嚴格說來長得很醜，但自內湧現的活力令臉龐閃耀光輝。或許芽利就是喜歡這種人。女孩連我的行李都替我放到架上，說：「那就祝您一路順風。」

也對我咧嘴一笑。連聲音都充滿強悍的活力，肩膀更是肌肉隆起，彷彿渾身的精力無從發洩，活蹦亂跳地走了。

「她可真能幹。」

我都看呆了。芽利倒是若無其事，「也很會吃喔。」

的確可以從女孩的身上感到健康的食欲。

以前，我根本不把那種女孩放在眼裡。大抵，我只注意男人，至於女孩子，尤其是健康卻不美貌的女孩有何優點，我壓根沒想過。

但是，輕鬆扛起沉重的行李箱，鼓起肌肉替我把行李放到架上的女孩，比男孩更出色耀眼。

我以前以為，這種粗活統統交給男人，女人只需傲慢地說「謝謝」，才是最理想的模式。與阿剛去歐洲度蜜月，還有我們一起去野尻湖時，皆是如此。但那其實是狹隘的觀點，仔細想想，這世上什麼樣的組合都有才好，年輕健康活蹦亂跳、看似爽朗的女孩，一看到芽利便衷心露出喜悅的笑容，氣喘吁吁跑過來，大喊：「社長！」

這樣其實也很好。

因為，那也是一種真心，一種愛。

憑什麼只有男女之間的愛和真心還有獻身才算正常？而且好像認定只有男人之間才有友情女人就沒有，未免太可笑。

恢復單身重回社會後，我發現「可笑！」的事情太多，那是因為我已變得成熟「出獄」了，並非在我服刑期間外界的情況改變。

「乃里，妳的工作都處理好了？」

芽利溫柔地說。別提處理了，我最近簡直是不分日夜一直趕工。現在剛推出手帕的「乃娃運動系列」。

乃娃是我創造的漫畫人物，我畫了大量的乃娃跑步、游泳、打排球及射標槍等等場景。之前是音樂系列，畫的是「乃娃」彈鋼琴、拉小提琴，用這些圖案做成手帕或圍裙、床單、鉛筆盒、夾紙板等文具用品（所以，我不會畫乃娃光身子）。

阿剛對我的工作不屑一顧，對我在做什麼也漠不關心，這個「乃娃系列」是我從婚前就推出的。

但我當時沒啥幹勁，做得有一搭沒一搭很隨性，離婚後為了賺錢糊口，才開始拚命賣力地畫。現在勤快點，就可讓收入更好，對我而言是很大的收入來源。而且那是讓我覺得「就算去彼世也不可能這麼幸福」最根本的工作。閉著眼也畫得出來的「乃娃」，照芽利的說法，「和乃里妳長得一模一樣。」當然我畫得比我本人可愛多了（我自認為）。

畫好之後，還得留下外出期間的緊急聯絡方式，於是我在答錄機上錄了語音留言，在盆栽底部澆滿水，然後「就這樣出來了，可以四、五天啥都不想。」我笑嘻嘻地說。

就連小孩在車廂內跑來跑去大吵大鬧都不在乎了。離開仍有殘暑的大都市前往輕井澤的人似乎很多，車內客滿，尤其是小孩特別吵。不過和出門旅行的喜悅相比，那都是小事，不用討好任何人，「無前乃里子」也毋須為將來苦惱。

（太好了，太好了，太好了！）

我非常高興。

之前是一個人拚命工作，所以現在給自己一個「獎勵」也無妨。仔細想想，真的，這好像還是我第一次不是跟男人旅行，雖說有芽利同行，但這並非雙人旅行。或許該稱為一加一的旅行。與男人一同旅行時，稱不上同行者，而是兩人結為一體。

我很開心。

「在涼爽清潔的床上，安心自在地好好睡覺，而且是一個人睡。」這被我列入人生幸福之一，旅行亦然。

芽利與我各訂了一間萬平飯店的豪華雙人房。

兩個人住一間那種事，「又不是小鬼。」我才不幹。

不過那間飯店和輕井澤我都沒見過，並不清楚那是什麼樣的地方。但是，想睡時就睡，想吃時就吃，可以隨心所欲。

芽利說，最好在那邊待上半個月，否則至少也要待十天左右，所以她提議我們不必天天同進同出，只有在「雙方都有意願時」才一起吃飯或散步。我當然毫無異議，這點，也可感受到單身的充實感令我很開心。

若是和丈夫一起旅行，例如我去歐洲期間，全天候都得聽阿剛的，光是忙著打包行李、清理使用過的浴室，就已頭暈眼花，甚至無暇好好參觀。那時我只要能和阿剛在一起就覺得有意思，但現在不同了，我再也回不去那種生活。

如果重回往日，我想好好參觀，同時和男人在一起也要盡興過著「卿卿我我」的生活，但現在的我，只要能隨心所欲地做到前者就夠了。

如果是跟某個男人一起來，我想恐怕不會有這樣的解放感。

芽利坐窗邊，我坐靠走道的座位，商務車廂擠滿了人，嬰兒的哭聲及車掌的說話聲弄得相當嘈雜。

「欸，芽利姊，那些女孩，是妳的情人嗎？」

我現在可以戳著芽利的膝蓋和她玩鬧。

芽利為了躲避日曬，把窗簾關得死緊，穿著直到喉頭的高領衫，但是看起來似乎並不熱，她撩起碎髮，「她們對我很好。」

「我不是說那個。」

「我這人就是不行……年紀大了搬不了重物。老是依賴別人，無論是行李或心情。」

芽利含糊帶過。

「嗯，到了車站我來搬。」

說到這裡才想起，我告訴無後哲「要和芽利一起去旅行」，他警告我：「危險喔，妳要小心。」實在很可笑。畢竟，我現在看到什麼都覺得很可笑很好玩。

我把阿哲說的話告訴芽利後，「討厭……不過我若真有那種念頭，像乃里妳這樣的，我三、兩下就能讓妳半痴半狂。」

說著，她嫣然一笑。又想讓我嘗到「怎會有醬子的事」嗎？但是不管怎麼想我好像都沒有那方面的資質，芽利應該也沒那個意思。

出了橫川感覺上就進了山中，不過山的形狀和林相都與關西不同。景觀大異其趣。山脈呈鋸齒狀，稜角尖銳，展現桀傲不遜的側臉。不像關西的山多半是那種「東山如人擁被眠（註一）」的樣子——京都固然如此，大阪附近的山，生駒、金剛、葛城一帶（六甲山脈另當別論），和信州的山比起來也都徐緩多了。

一抵達車站，空氣的氣味已大不相同。

我把行李搬下月台後，芽利揮舞陽傘，喊著：「這裡！這裡！」這次跑過來的不是女孩，而是一名青年（據說是在輕井澤銀座開店的友人之子），他特地開車來接我們。

「現在直接去飯店可以嗎？」

青年說話居然是大阪腔。

簡樸的車站擠滿人潮，但乾燥的藍天彷彿發出喀拉喀拉的聲音，這簡直是……

「完全與大阪不同，好像到了另一個國家。」

我很開心，正在眺望淺間山時，「請快點上車。」

原來青年與芽利都已上車了。

「來到輕井澤啦，來啦，恰恰，恰……」我哼著歌。

周遭是柔和的綠色洪水，人比想像中還多，簡直和都市沒兩樣，但我沒有因此失望，只覺得這片「異國」的綠意很稀奇。草木的顏色清淡好似歐洲的綠。

遇到紅燈停下時，車窗有一尾漂亮的鳳蝶翩然飛落。

註一：出自服部嵐雪的俳句〈東山晚望〉，指京都的東山連峰看似一個人蓋著被子躺臥。

「哇！做成領帶吧，蝴蝶領帶！」

我叫喊。芽利說：「啊，那個很好吃喔，沖洗一下拔掉翅膀，沾上麵粉用平底鍋煎一下就行了。」

「拜託別說了。我都不知道芽利姊妳有那麼詭異的嗜好。」

「對不起。我這人就是不行……」

我倆都非常開心。

「啊呀，天氣真好……好涼快。」

芽利也為之陶然。我更是已經喜出望外，就避暑地而言雖然人潮有點多，稍嫌過度熱鬧，但那種風景也看似透明，總之從潮溼的大阪來到此地，感覺「乾爽得發出脆響且透明」。令人耳目一新且新鮮。

（嗯！輕井澤原來是這樣的地方啊。）

同樣在日本國內竟有如此乾爽澄澈的空氣，所有的事物看似透明，樹木的綠色和草地也籠罩柔和如煙的色調，簡直難以置信。

還有，這個來接我們的年輕人也令人頗有好感。

「昨晚變冷了。聽說還有人已經開始燒暖爐了。」他說。

我把嘴巴湊到芽利的耳邊：「是個好孩子吔。」

芽利用比我更低沉（卻比我更有穿透力）的聲音回答：「但他的內衣有點髒。」

根本看不見青年的內衣。在哪裡？我不禁盯著前面的駕駛座。他的頭髮有點長，不過脖子很乾淨，深藍色T袖也不髒。看起來就是一個標準的打工大學生。

「我指的是以前啦，因為當時是冬天。」

「唉喲喲，妳早就已經弄到手了？」

聽起來好像是真的。芽利說得太輕描淡寫反而令人懷疑。

於是我想到，芽利之前提到的那個即使買了牙刷對方也不肯用的年輕孩子，該不會就是這位「接車青年」吧？

但他的牙齒雪白。

車子經過樹林中央……在那兩側，樹林後方應該就是別墅。

「開慢一點，慢一點……」我大叫。

（真是的，我好像一直在大叫。）

「唉，到了飯店再慢慢欣賞不就好了。」

芽利安撫我。但是看到如詩如畫、擁有白色陽台的別墅自松林之間出現後，我還是忍不住大叫：「啊，好像《小天使》！」或「哇嗚！好美……」

芽利與青年都笑了。

阿剛在六甲山的別墅面對池塘，多少有點陰森；淡路島的別墅在海邊，但房子蓋在山崖上，被濃密的樹林包圍。包括這兩者在內，關西的綠一概濃密得令人生厭。茂密叢生，肆意蔓延，雜草更是生得蕪雜。潮溼高溫的氣候讓樹木更加張牙舞爪。相較之下，這種林中有白樺樹的清爽，簡直是「唉呀呀，實在是……」

美得過火簡直令人憂鬱。

雖只是從車上一瞥，但樹林深處有看似小木屋的別墅，院中小徑有車百合綻放。我驚訝地定睛一看，路旁還有地榆及亮麗的紫色薊花怒放。

蕨類蔓生，其中可見一叢石竹花，「天啊，我不管！我不管啦！」

我大叫，把芽利和青年都嚇了一跳。

「妳怎麼了？」

「實在太美，美得令人生氣……啊，那個白樺，妳看妳看，居然有三十多棵吔！」

我激動不已，但芽利說：「在輕井澤白樺還算是少的了。」

「我又不是說那個……」

我想強調的是，大阪怎麼就沒有這麼美的景色呢！我喜歡大阪，但大阪沒有這種卡通《小天使》的場景……況且，能夠以「自由之身」欣賞風景，更加深了我的喜悅。

車子抵達道路盡頭的建築。眼前是典雅的木造老舊旅館，雖然堂皇聳立，卻有種木造建築令人緬懷的韻味，還有露天陽台，那些全都被清淡的綠色籠罩。

而且白牆在綠意之間若隱若現，我激動過度差點哭出來，「啊，就是這裡嗎？」

我定睛凝視之際，芽利已舉起白色蕾絲陽傘，當成指揮棒般揮舞，「那個行李箱，還有那邊的是我的。這個箱子是這位的。」

她指揮別人搬行李，對我說：「妳還在發什麼呆，這裡就是萬平飯店了。」

「傷腦筋，天啊天啊。簡直美得過分。」我一再堅稱。

「可惡！」我很想這麼說，當然這不是怒罵或詛咒，而是因為太滿意了。

我告訴自己：「這根本不是萬平飯店，這應該叫做『夢幻小屋』。」

雖然稱為「小屋」未免過於壯觀。內部也洗練摩登卻又帶有一種日本風味，充滿明治時代洋樓的風情。

我不由得想起阿剛在六甲的別墅「和館」。

服務生替我們搬運行李，芽利的房間與我隔了一間。

這種涼爽和六甲的涼爽及淡路的涼爽都不同。

有時，會有堪稱不明衝擊的勁風吹來。說到那種風的凌厲，稱為切口似乎更正確，使得我早已習慣關西軟綿綿、柔滑溼潤空氣的肌膚，也嚇了一跳。

那個「切口」的風無形吹過來時，我想到自己「來到異國」，喜悅滲透全身。

晚餐與芽利一同在餐廳吃。芽利穿土耳其藍的絲質長裙，同色金蔥外套。我穿白色柔軟的棉質七分袖罩衫，底下是哈倫褲，腳踝綁了紅帶子，末端有鈴鐺。我從以前就喜歡鈴鐺，以前連內衣都綴有鈴鐺。不過，只是米粒大的小鈴鐺，只有自己才聽得見鈴鐺響，除非是耳朵特別靈敏的人，否則絕對聽不出來。

（不過，那種穿著好玩的內衣，與阿剛在一起後便沒穿過。首先，和他在一起，根本沒有閒工夫穿什麼內衣，就算穿了也會被脫掉。

於是我在想，內衣是單身女子好好地、徹底地獨自享受自立自尊的物品；是偶爾與男人睡覺的女人才穿的東西，例如輕如蟬翼的透明薄紗襯裙，或綴滿蕾絲輕飄飄的小內褲，或者像我一樣在下襬綴有鈴鐺的小罩衫。）

餐廳有許多人卻很安靜，玻璃窗映出破碎的燈影，那種靜謐也很美。

「我快哭了。」

我對芽利說，芽利看著菜單頭也不抬，「為什麼？」

「妳看到房間的浴缸了嗎？不是鑲死在地上的，是有貓腳的琺瑯浴缸吔！」

芽利一派淡然，「床邊有玻璃拉門，對面的壁龕還掛了書畫吧？」

「對對對！妳那個房間也有日式衣櫃？是櫻木雕刻的衣櫃吔，簡直令人想哭。」

芽利已經懶得理我，以纖細的手指一行一行劃過菜單思索，最後抬指喚來服務的大叔。

「這是什麼湯？」她問道。

她那隻手指上套了一枚大到令人懷疑纖纖玉指是否會不堪負荷的戒指，設計典雅，非常巨大，橙紅似火的墨西哥玉周圍鑲滿碎鑽——她的大包頭髮髻上，也插了鑽石梳子。

至於我，為了搭配白色棉衣，我戴的是麥桿做的戒指。這是阿守從城崎溫泉帶回來送給我的紀念品，當地最有名的特產就是用染色麥桿貼在盒子上做成工藝品，但這是用麥桿編織成戒指。小巧玲瓏宛如玩具，只有小指戴得上。送這種東西給我的阿守果然有品味，相當高雅。墜子是我自己做的，我從住處附近的大阪城公園撿來松果，塗上會點點發光的透明亮光漆，再以皮繩串成鍊子。

當我以手指把玩著鍊子時，「那個真好看，非常適合妳，除了妳以外沒人做得出那種事，也沒人適合。看到精心做出最佳裝扮的妳，是一大樂趣。我都看得出神了。」這是芽利的優點

她會如此打從心底讚美我。

我們都是人，對方講的是不是真心話，活了三十年自然看得出。芽利的眼中帶有真的是被喜愛事物所勾起的興奮，讓我也跟著雀躍不已。

我也喜歡注視芽利。只見碎髮環繞她那纖細的脖頸，腦袋仰起，「我喜歡味道清淡的肉，給我脂肪較少的小牛肉。」

當她這麼說時，沉穩的服務生大叔就像用法語說「是，夫人」般，嚴肅莊重地側耳傾聽。

就這樣，兩個有前科、服刑完畢的女人，兩個彼此都不會嫌棄對方的熟女（我對自己和芽利皆如此看待）相對微笑，在避暑勝地的飯店盡情享受美食也是一種極樂。我選的是分量十足的燉肉。在這空氣新鮮、乾爽的土地，原本濃稠厚重又油膩的美食，不知怎地也變得輕盈，再來多少都吃得下。

吃完飯，正想喝杯酒，「不好意思，妳一個人不會無聊吧？我有點事，失陪了……」芽利拎著形似日式包袱巾的銀蔥手提包站起來，我立刻被拋棄了。是「接車青年」嗎？臭小子！

無奈之下我只好獨自去散步，我一直走到輕井澤銀座的商店。有些店還沒打烊，正在夏季大減價，白天肯定更熱鬧。

來到某家照相館，我欣賞著門口貼的輕井澤老照片，「這不是玉木小姐嗎！」忽然有人以親暱的大阪腔喊我，轉頭一看不禁嚇了一跳，居然是彪形大漢關口兔夢。我大喜過望與他握手。

他笑嘻嘻說：「妳也來這裡玩？」

那張宛如西洋童話裡的樵夫臉孔令我非常……非常懷念。

於是我當下想到，我雖對獨居生活深感滿意，但是否也該從那「極致幸福」稍微轉開眼了？妳不是已獨自品嘗到「重回自由世界」的幸福了嗎？老天爺或許會這麼責備我。我一邊惶恐說著：「是，對不起。」然後又繼續辯解：「是這樣沒錯啦……」十分忐忑。我似乎忽然萌生渴望與人親近的念頭。巧遇只見過一面的兔夢氏後，居然產生「哇，我喜歡！」的想法。BB說：「我隨時都想談戀愛。」

兩年的獨居生活，我以為「戀愛」就像是與美如象牙工藝品的芽利共進晚餐的時光，在輕井澤的「夢幻小屋」因房間配備的貓腳琺瑯浴缸而滿足，那也是一種「戀愛」。還有，在傾盆大雨中，被水花濺溼大步行走的爽快肯定也是一種「戀愛」——話雖如此，老實說，看到兔夢先生我也萌生了一股安心感。

（一個人，一個人，一個人……我已經受夠了，貓腳浴缸和大雨若都能兩人共享該多好！）

或許，我已萌生這樣的念頭。

12

兔夢氏說，友人的別墅今年空著，他借來工作，孩子們因學校開學已經先回去了，他打算再待半個月左右。

「別墅？我要看！」我說。

「不如現在就去？它孤伶伶地坐落在森林裡，該怎麼說呢，好像會有懂魔法的老巫婆出現，把迷路的漢賽爾與葛麗特一口吃掉，而且非常荒涼，是西洋式的鬼屋喔，嗐哈、嗐哈、嗐哈！」

他的笑聲依舊令人印象深刻。我取出皮包裡的金色懷表看時間。若在大阪，這個時間才剛入夜，周防町的「海豹屋」正要開始熱鬧，但我覺得還是早上去參觀別墅比較好，於是決定今晚先回飯店。兔夢氏說他是出來採購糧食，他一日按時攝取三餐。

「我很喜歡烹飪……哪天請妳吃一頓吧？這裡可能是因為外國人多，材料還挺齊全的。」他說

上次見面時我就在想，兔夢氏縱使談起家庭瑣事，也沒有那種歐吉桑的味道，無論談繪畫或烹飪，給人都是同樣的氛圍。是真正毫不做作的大阪腔。

對兔夢氏而言，繪畫與烹飪在人生中同等重要，同樣的，男人用的字眼與女人用的字眼也毫無區別，最重要的是，他似乎認為「不管是男是女還不都一樣是人」，這種豁達開朗的感覺很好。

但是，他又很有男子氣概。

「啊呀，妳是和芽利一起來的啊？那個漂亮的小歐巴桑。」

芽利也成了「歐巴桑」。但那是帶著好意的說法。兔夢氏送我回到飯店，「皇太子殿下與美智子殿下曾在這裡打過網球，就在這個網球場。」他告訴我。

大阪傍晚的薄暮時間很長，但在信州，只要天色一暗，立刻就全黑。漆黑的森林深處，朦朧亮起橙黃燈光，不時有狗在吠叫，而且那森林一望無垠，與黑暗的天空連成一片。樹林黑黝黝聳立，遙遠的樹梢上方有滿天星斗。

「好浪漫。」

兔夢先生也說。這麼黑的林中小徑，若是我一個人絕對不敢走，但與彪形大漢（不過他的內在似乎很薄弱，換言之他散發的不是那種濃厚的動物性男人味，而是像落葉松或參天櫟樹那樣的植物性氣息）兔夢先生同行就不怕了。

我仰望星星。

「飯店房間的紗窗一定是為了防止這些流星的碎片掉入。」

我說，我們已走到飯店附近，看到一大片星星落到飯店屋頂上，就像夜光蟲般黏在屋頂上。

「一片星海。」

聽兔夢氏這麼說覺得很有趣。只聽過一片火海，不過有「一片星海」也不錯。我很想看兔夢先生的畫作。

我捨不得在飯店前道別，於是我倆走進飯店酒吧，喝了很多。兔夢氏穿著棉質藍條紋西裝外套、藍襯衫、洗白的牛仔褲和球鞋，在這鑲有彩繪玻璃、古色古香的典雅飯店，沒有人比他更適合這種氛圍。這才想到，他讚美「這酒吧不錯啊」的柔軟大阪腔，也和這間飯店很搭調。

我與兔夢氏對飲，威士忌摻水太美味，喝了一杯還不夠，轉眼已喝了三、四杯，驀然間，我很想把連對阿剛都沒說過的「怎會有醬子的事」那段經驗說出來。

女人碰上傷心事或討厭的事還能夠保持沉默，但是開心的事總想說出來分享。

但兔夢氏居然在偷瞄周遭的情侶，一一品頭論足：「那是職場的上司與女部下吧——算了，無所謂。」

「那是和鄰居太太一起來吧——算了，無所謂。」害我一直想笑。

「兔夢先生，你幹嘛一看到男人和女人在一起就想到那檔事？」

「因為我四十歲了呀。」

我不禁噴笑。

「我並不是在責怪他們，不是喔。我是在祝福他們太好了、太好了、太好了，可以開開心心地上床，這種事在人的一生當然是愈多愈幸福，嗜哈、嗜哈、嗜哈、嗜哈！」

這種話從兔夢先生口裡說出來，就像在說「漢賽爾與葛麗特」的故事一樣無辜天真。於是我忍不住把之前在「羅馬」出糗後緊接著發生的銅鑼男事件也說出來了。不，不是「忍不住」說出來，是迫不及待想說。我把從來不曾告訴任何人的那件事，一五一十全說出來了。

「很好，能夠做出那種事的人，才是行家。有意思。」

兔夢氏極感興趣地聆聽。

「行家？」

「嗯，人間行家。」

兔夢氏是個嘴巴表情很豐富的男人，笑起來很好看，高挺的鷹勾鼻平易近人，而且，我現在才發現，他喝了酒會整個人活潑了起來，光是這樣就替他加了不少分數。

「況且我也知道，乃里子妳不會怕，能夠樂觀看待很好呀。」

「因為我沒有什麼好害怕失去的。」

我想了一下夏木阿佐子的事一邊說道。

「不不不，我想應該是好奇心旺盛吧？那也是成為人間行家的條件喔。我一直以為，人間行家都是中年人，沒想到也有像妳這麼年輕就成了行家的人。」

「拜託，我已經不年輕了。不過也算不上中年，算是不上不下的半吊子……」

「中年半吊子行家……嗐哈、嗐哈、嗐哈！敬行家！」

我們舉杯互敬。

兔夢先生說：「那就明天早上，我過來接妳。到別墅有段路程，不過還是用走的比較好。大概三十分鐘吧，就當是散步。」

然後又說：「請妳也順便邀請芽利小姐。」

「我不知道芽利有沒有事喔。她這位人間行家很忙碌。」

「嗐哈、嗐哈、嗐哈！」

他又笑了起來。

我在飯店外與兔夢氏互道晚安後分手。仰望飯店被星斗包圍的尖聳屋頂，我哼起〈有一天歌謠〉的旋律，兩步併作一步上樓回房間。

木造飯店就像非常乾燥的大鼓，經常傳來樓上的聲響，增添了不少樂趣，並不會讓人不快。

我做夢也沒想到，自己會起意對兔夢氏說出那段「怎會有醬子的事」的經歷，但我感覺找到了最佳傾訴對象。因為兔夢氏做出我預期中的反應。他就像自己也曾多次遭遇過似地感嘆：「嗯，太好了。」設身處地聽我傾訴，為之嘆息。

我睡得很熟，一醒來立刻被深沉的喜悅包圍。

打開窗子，外面是「一片綠海」。

我住的公寓也可從窗口看見許多綠樹，但那是在公害折磨下倖存的強悍樹木。可是，這片山國的綠曝露在清涼的空氣中，是多麼精緻纖細的綠意啊。

而且涼風已早早伴隨秋意，也有許多樹的葉子都變色了。

空氣乾燥得讓肌膚舒爽，這裡應該沒有六甲山別墅常見的蛞蝓和蝸牛吧？那種溼答答的玩意。

（阿剛在六甲的房子堪稱一、片、蛞、蝓、海。）

我如是想。

九點左右，櫃台打電話通知我有訪客。我急忙簡單化個淡妝，穿著草莓色衣服下樓。如果不穿長袖，不時吹來宛如「不明衝擊」會割手的冷風，已經有點受不了了。

當然等日升中天，或許氣溫會略微上升。

把宙宙給你，

給你宙宙……

我就這麼哼著〈給你宙宙〉下樓，卻未在大廳看到兔夢氏。

大廳擠滿吃早餐的人與退房的人，比昨晚擁擠混亂。這時人牆自動分開，大家讓出一條路，我心想該不會是有皇室成員來了，卻見一名拄著拐杖的瘦小老太太出現，環繞她身邊的家人小心翼翼地簇擁著老太太緩緩走來。

我走到飯店玄關張望。

玄關有門廊，繁茂的綠樹掩映，可以坐在那裡喝茶。我不經意四下一看，赫然發現戴著淺褐色太陽眼鏡的阿剛深深窩在椅子裡，交握十指，笑也不笑地看著我。

原來訪客是他。

我當下恍然大悟。他之所以知道我在這裡，肯定是聽了答錄機的留言。

我在答錄機留了去處與電話號碼。

阿剛以前也常打電話到我的公寓，對著答錄機說：「呃，我是中谷。我再打給妳。」

沒辦法，我只好繞過大廳走向門廊，在阿剛對面的椅子坐下。

「早安。」

這麼面對面，真不知眼睛該往哪放才好。上次見面時，是坐在他身旁，所以避免了正面相對的尷尬場面。

阿剛穿著馬球衫、白色休閒褲，有點像中年紳士，又像是青商會的某某幹事，嚴格說來看似比實際年齡還老。

「早。妳幾時住進來的？」

阿剛就像之前一樣，吝於展露笑容，但他似乎有很多話要對我說。

「昨晚。」

我一邊提高警覺（因為我不懂阿剛幹嘛來我度假的地方），一邊盡量謹慎地簡短回答。阿剛吝於展露笑顏，我則是笑顏與說話都刻意收斂，試圖刺探他的來意。

「閣下又怎麼會……」

我說到一半就被阿剛打斷。

「我在這邊有別墅，從上週六就待在這裡了。」

「是喔。」

「昨天我打電話給閣下。打到大阪。結果，聽說妳來這裡了——喂，妳的答錄機是後來又買的嗎？新貨色？很活躍喔。」

我們以閣下互稱。

「哦，閣下在輕井澤也有別墅？」

語調帶有感嘆之意。

因為我從昨天就不斷見識到過去生活圈內沒有的事物，已經目不暇給了。

果然，阿剛好像有點驕傲。

「輕井澤也多了不少平民與窮人呢。」

聽他的語氣好像很久以前就住在輕井澤似的。咖啡送來了，在這初秋芬芳的大氣中喝的咖啡著實美味，我卻無法像面對兔夢氏那樣自在寫意、滿心愉快，甚至可說心情沉重。是阿剛太強勢？或是我防衛心太重？上次阿剛說，「或許哪天又會在哪不期而遇。到時候犯不著板著臭臉吧？讓我們彼此以『雨或蛇』打招呼。」但我實在沒那興致。

出租腳踏車一輛接一輛自飯店前面遁入樹林深處，全是年輕女孩。與其和阿剛這樣面面相覷，我很想趕快撩起草莓色衣服去騎腳踏車。可是，偏又不想撂下一聲「那我走了，掰」就從阿剛面前起身離去。

我不知道阿剛在想什麼、會怎麼出招，但他得知我住的地方，特地趕來，總得好好負責任對應他。

「黃毛丫頭來了一大堆，看了就煩。」

阿剛目送騎腳踏車的女孩遠去，惡毒地批評人家。

「那你別在輕井澤買別墅不就好了。」

「嗯，可是這裡畢竟還是方便。離東京近又涼爽，環境也好。」

「現在買一定很貴吧？」

「還好啦。不過地點很棒喔。我買的是舊別墅，所以院子也很大。」

「……」

「別墅已老朽，所以是拆掉重建的。」

「像淡路的那樣？」

我邊回想摩登的淡路別墅邊說。

「那種不行。」

阿剛當下就說。

「總而言之，關西不行，大阪更是和鄉下沒兩樣，連別墅區都很小家子氣。周遭的氛圍，和這裡比起來完全不同。」

他所謂的這裡，指的是輕井澤。阿剛說，對面是某某社長的別墅，後方住的是某某政治家……一一列舉出名人的名字。阿剛的別墅就是位於如此的絕佳地點，但他過度抬高關東貶低關西，令我愈聽愈不愉快。

「閣下您或許這麼認為（我對阿剛使用敬語），但我就是喜歡關西。」

你自己不也是關西出生的嗎——我很想這麼嗆阿剛卻還是忍住。

「況且輕井澤又怎樣，首先，這裡就沒有松樹。」

「不是有落葉松嗎？」

「不行，沒有赤松。六甲山的赤松才美呢。」

我並非特別喜歡六甲山。而且就在前一刻，我本來還打從心底覺得輕井澤「真好……」全身上下都為之心醉，甚至美到想說「可惡」。

這一切的風物我都好喜歡，但不知何故，被阿剛那樣誇獎我就想唱反調。阿剛嘲笑：「妳在說什麼傻話，輕井澤絕對比較好，光是有皇室成員來，就與關西的層次不同，『一族會』的人在皇族滯留期間，好像會去謁見。」

對了，這才想到阿剛亡母的娘家是貴族或皇族的遠房，組織了一個叫什麼「一族會」來著。阿剛最喜歡這種東西了，但我在阿剛此刻提及之前，還真沒想起。不過到此地步我也卯上了，「不對，反正不管怎樣沒有赤松就是不行。」

我已經變得一根筋就是要不講理到底了。

「為什麼不行？」

「因為那樣不會有松茸！」

簡直胡亂瞎扯。

阿剛咧嘴一笑。

看他那樣，我也倏然放鬆了，覺得很好笑。我拚命憋住笑意，「閣下好像突然很中意東京與輕井澤啊，虧您本來是大阪人。」

「我就是容易變心。不分對象，只要喜好改變，就會變心。」

「自己宣稱容易變心的人，就沒想到別人也是如此嗎？」

「或許吧。總之，別以為我是去了東京才改變喜好。」

「我在大阪，倒是變了。」

「妳這傢伙就是嘴巴不饒人。」

阿剛已沒資格再喊我「傢伙」了。

但我沒指摘那點，保持緘默。

阿剛透過淺色墨鏡，不時定定看著我。

他的視線強烈得令我懷疑臉上是否留下什麼疤痕。

「長得一點也不美。」

阿剛從容不迫地說。剛才那一笑，好像忽然讓他的心情與嘴巴都放鬆了。

我把大拇指抵著胸口，以眼神質問。

（你說我？）

阿剛點點頭。

「也不是特別聰明。」

不知他接下來還會說什麼，我默默地凝視著他，坐在籐椅上抖腳。

「可我就是忘不了妳。」

我只是聳聳肩，這種時候我總是感到自己的卑微。

比起自己，或許阿剛才更高尚。

阿剛雖也有很多壞毛病，但視心情而定（彷彿他自己毫無意識）有時也會吐露真心話。那種時候，阿剛與其說是人間行家，更應該稱之為男人行家。阿剛雖是語帶玩笑，但在我聽來卻如鐘聲，不絕於耳。

「不，換句話說，像這種事……」

「閣下既然中意東京，何不連說話都改用東京腔？」

「囉唆，這是兩碼事。換句話說，每當我發生了什麼或看到什麼，我就想，啊，要是妳看到這個不知會怎麼說……」

「我嗎？」

「對。我會想，妳看了，不知會怎麼想。」

「……」

「我就是忍不住有那種念頭。」

阿剛喝完咖啡，茫然地抽著菸。

「我來到輕井澤，覺得和關西很不一樣。各方面。不過，這並不表示何者更高級，何者較低俗。」

「那當然。」

「這種時候我就會忽然想到閣下。我很好奇妳會怎麼說，很想聽聽妳的訝異反應。

這是為什麼呢？」

你自己都不知道，別人更不可能知道了。

「坦白講，不，不只是在輕井澤，只要一有什麼，我就忍不住想到妳。」

「嗯。」

「比方說，我那棟輕井澤的別墅，我想妳看了一定會驚訝，但我很想聽聽到時候妳是怎樣的反應。」

我暗忖，阿剛果然還年輕。

我很詫異他居然還在講這種話。而且，他竟然到現在還這麼在意我的驚訝反應。

「還有更多類似的事發生時……」

阿剛想回憶，但似乎一時之間想不起來，

「旅行也是，只要身旁出現什麼驚奇的事物——」

阿剛點燃第二根菸。

「或許是想較勁吧——這裡，很令人驚豔吧？第一次來？」

「是很驚豔，對飯店和輕井澤都是——」

阿剛的意思似乎是他想親眼看到我第一次來這個避暑地，大喊「天啊，我不管！我不管啦」的模樣，以此取樂。

但是，我當然無意再那樣表演，況且也已經和阿剛不相干了。

但我很理解阿剛說的話。

他想訴說卻找不出適當言詞形容的焦躁，我似乎也能體會。

「要看我的山中小屋嗎？我開了車來。」阿剛說。

就算我去看了那不屬於自己的東西又能怎樣？還不如去兔夢氏租的別墅更有意思。

但阿剛的事卻令我莫名在意。

13

「吶！要去嗎？現在就去？」阿剛說。

我本來打算好好說話，但阿剛從來不照我的意思行事，所以我明明已決定去向，卻故意沉吟不語，我很清楚他這是急了。

這也是我後來討厭阿剛的原因，但這位老兄卻完全搞不清楚狀況。說到他搞不清狀況，現在回想起來，當初辦離婚時，或許正因他搞不清狀況，事情才會進展得那麼順利吧。

聊起無關緊要的無聊話題時明明那麼契合，可惜一觸及核心事物就完全雞同鴨講。

「那個，我啊，呃——該怎麼說……」

我開口，但或許是因為聲音太小……

「啊！妳說什麼？」

阿剛反問，他的態度在過度焦躁下顯得氣勢凌人。他很不高興，我（明明已無必要）不禁嚇得渾身一抖。

（對了，這傢伙是個不高興就會動手的男人。）

我恍然大悟自己究竟在怕什麼。那讓我又一一回想起或醒悟阿剛的習慣（有好的習慣也有壞的習慣，在此是指不好的習慣），這種情形令我深深感慨：我與阿剛已經成了陌路人了。

碧姬．芭杜說：「所謂的聰明，就是隨時可以讓自己的神經保持鎮定。」

的確，離婚後成了陌路人，我的神經鎮定下來了所以也變得聰明，終於看清阿剛。

我看著阿剛煩躁地把淺褐色太陽眼鏡戴上又摘下，心裡默默思索，我有可能再跟此人睡一次嗎？

若要像回覆請帖是否出席那樣打圈叉，我會在回函的「否」選項上面連畫三次圈。世間的確有人會與離婚對象再婚，但以我的情況，再也不可能溫柔地叫喚「阿剛」。就算會，那也是騙人的。

會發出溫柔聲音的機器，一旦壞了就再也修不好。敲打它也沒用。我很想這麼告訴阿剛，卻又嫌太麻煩，索性乾脆保持沉默。阿剛聽了，若當成玩笑隨口回我一句：「搞什麼，怎會是那麼容易壞掉的機器，不是做得很堅固耐操嗎？」倒也罷了，萬一他想歪了把事態嚴重化那就傷腦筋了。

那個，談到做愛，呃，以我的情況（或者該說，女人的情況），總之是因為可以發出溫柔的聲音才會做愛。

無法打從心底真心喊著「阿剛」或碰觸他後，再也不可能和他上床了。

那與透過電話和阿剛開開心心、回味無窮地對話，在性質上截然不同。

像朋友一樣開心聊天，這我或許做得到，但「發出溫柔聲音的機器」，就算一而再、再而三修理還是沒用。一旦壞了，就此完蛋。

真是不方便的機器。

或許該稱為瑕疵商品。

這點對男人應該也是。如果男女雙方都抱著有缺陷的機器共度，機器動不動就會壞，於是自然會氣惱地拋開機器，以真實的可怕聲音相互嘶吼。

其中，或許也有人非常珍惜「會發出溫柔聲音的機器」，自欺欺人地勉強將就，就此度過一生。

「走吧，只是去看一眼，閣下該不會是想入非非了吧？」

阿剛輕輕一笑。

「我什麼都不會做。我保證。」

「如果什麼都不做，那我不要去。」

「笨蛋！」

這當然只是開玩笑。看來雙方的「開玩笑的機器」都還很堅固，我與阿剛都更喜歡操作那方面的機器。

我一開玩笑，阿剛頓時充滿活力，眼神與表情顯然也生動多了。

「我會再送妳回來。行了吧？」

「嗯……不，還是下次吧。因為朋友馬上要來找我。」

「朋友？」

「昨天在輕井澤銀座巧遇，他會來接我，我正在等他。」

「是男的還是女的？」

「你很像警察在路上臨檢盤查吔。」

「廢話！」

阿剛半開玩笑說。

「妳在那傢伙面前，對於第一次來到這裡，做出驚訝反應了嗎？」

這裡，指的應該是輕井澤吧。

阿剛好像對於我第一次見到輕井澤為之驚訝時自己卻不在現場很吃味。

他似乎很不滿自己無法獨占我的感動與反應。我再次放眼環視四周。

「一片綠海」的「夢幻小屋」萬平飯店，被柔和的蓬勃綠意籠罩，似乎在沙沙作響。昨晚的星星或許正緊貼在飯店的尖聳屋頂內側及簷下屏息以待。等到天色一暗就會急忙湧出，飛向天空──就是那樣的感覺。

激發我這種想像的，是這輕井澤不可思議的乾冷空氣。這是異國，是異國，從悶溼黏膩、熱得連腦子裡都一片空白的亞熱帶關西來到此地，彷彿來到另一個國度。

總而言之，我的腦中幾乎發出「喀啷」的清脆乾響。說真的，我巴不得趕緊奔向清爽的森林小徑。坐在門廊雖然同樣也有清風洗滌全身，融入綠色彷彿化為綠海的一部分，但既然都一樣，與其坐著我寧可走路，寧可奔跑。

但那不代表要與阿剛同行。也犯不著去阿剛的別墅。

不過話說回來，我也不可能對著坐在面前的他露骨表示：「不好意思。我難得來一趟輕井澤，在這裡像老頭老太太似地呆坐未免浪費。喂，你可知道在這間飯店住一晚要多少錢？旅遊旺季特別貴吔，這不是浪費嗎？」然後推開阿剛一個人跑掉。

我不想穿著草莓色洋裝，變成那種薄情的女人。

如果現在穿的是之前因為要來輕井澤特地在美國村買的紅色格紋襯衫與直筒牛仔褲、寬大的皮帶與皮領結（那套已經穿來了，現在放在我房間），我大概會猛然起身，以「閃一邊去！老娘要去外面走走」的架勢一腳踹倒椅子，大步離去。可惜，我現在穿的是礙事的洋裝，而且是草莓色的紅衣，穿這種衣服時，我不自覺變得像小號芽利般優雅。穿著白色滾邊托起胸部的可愛洋裝時，我不想以冷漠的言詞與凶狠的態度罵人。我有時就是會被衣著左右心情。

但是，雖說如此，我還是有點同情阿剛。

應該不是衣服的關係。

阿剛想帶我去他的山中小屋。

他想在我面前炫耀別墅。或者該說，他想在旁邊看我做出：「哇塞！好酷，好漂亮！」、「哇，好美，簡直像歐洲電影」之類的反應來找樂子。但他蓋別墅自己做出

「好酷！好漂亮！」的反應不就夠了？我暗想，這世上有種麻煩人物沒看到別人的反應就是不甘心，阿剛就是其中之一。而且「別人的反應」不是任何人都行，好像非我不可。

但我多少有點明白了。

阿剛動不動就想靠近我，並不是因為他想破鏡重圓或事到如今才發現我的好處心生悔悟。也許他其實只是想讓我大吃一驚，讓我脫下盔甲，藉此滿足他的優越感。

要我在阿剛面前表演大吃一驚，我實在做不到，太麻煩了……阿剛才不管什麼「會發出溫柔聲音的機器」，他只是需要我的反應。以便滿足他的自尊心與優越感。我忍不住這麼惡意猜想，但這種事有時也無法一概而論。

阿剛之前提過「每當我發生什麼事或看到什麼，我會想，啊，妳要是看到這個不知會怎麼說……」、「妳看了不知會怎麼想、怎麼說，我很想聽聽妳驚訝的反應。這是為什麼呢？」那些話帶有深層意義。阿剛的語彙不算豐富，所以是否貼切表達了他的意思這我不清楚，但於我而言，總覺得那背後藏有某些意思。

我對阿剛產生類似憐憫、心疼的心情，於是我遲疑著，無法斷然叫他「閃一邊去！」

阿剛至今還在依賴我嗎？

依賴，若照我的語言字典，被歸類為「愛」。「依賴一個歐巴桑……」這在我的字典裡，被歸類為「我愛妳」。

傷腦筋。

但阿剛自己似乎還不明白。即使明白應該也不願承認。或許因此他才會說出「想看妳的驚訝反應……」那種話。

但是，說不定那只是我往自己臉上貼金。不管怎樣，我已經弄壞了「會發出溫柔聲音的機器」，所以如果我現在還能親切地對待阿剛，那也是出於足可獲得諾貝爾獎的人性關愛。

我從皮包悄悄取出懷表看時間。我納悶兔夢氏怎麼還沒來，不由得地看了看表。

「唉喲喲。」

阿剛開心地盯著表說。

「好久沒看到了。」

「你說這個？」

這才想到這個金色附音樂鐘功能的懷表還是阿剛買給我的。我當時本來打算還給他卻夾雜在別的行李之中遍尋不著，結果就這麼拖到現在。

「給我看看。」

「才不要！」

我出於本能握緊住懷表，做出防備的架勢。

阿剛是個無法預測下一秒會做出什麼事的男人，也許他會「砰」一聲把表砸壞。

「我又沒有叫妳把表還給我。」

「那當然，已經過了歸還時效了，這玩意已經屬於我三年了！」

「別大呼小叫。那種東西我要買十幾二十個都沒問題，我只是叫妳給我看看。」

我給他看。阿剛接過懷表。

「表還會走嗎？」

「走得可勤快了。」

「因為價錢很貴嘛。」

事到如今還講得好像我欠他恩情似的。

「原來如此。它在閣下的手裡啊，難怪我找來找去都找不到。」

阿剛說著看起來很高興。他鐵定在說謊。八成早就忘了這玩意。

「妳還有保留別的嗎？」

「有啊，多得很。鑽石、毛草、晚禮服、手表，我有一大堆，一件都沒還給你！」

「妳很愛唱反調喔。」

若是以前，這時他大概會反嗆一句「我看妳欠揍喔」，但阿剛終究沒說。不過從我賭氣的口吻，他似乎已經猜到我想說什麼。我把阿剛買給我的東西全都留下沒帶走。

鬧離婚的人當中，有很多人都是因為經濟及物質條件談不攏而無法順利離婚，在我看來，那就好比是在罐子裡抓了滿手的糖果，試圖把拳頭自罐口拔出。

只要不放開糖果，就不可能把手抽出罐子，所以應該果斷放手。如果我當時沒放手，不知會鬧成什麼樣子，或許就是因為我不貪心地拋棄一切，才能順利離婚。不過我也不確定是不是如此。

「原來妳這麼喜歡這個啊。」

阿剛說。

「就跟你說不是這麼回事。它混在衣箱裡被我不小心帶走了。」

即便我解釋他也故意裝作充耳不聞。

「原來如此，記得這還是我買給妳的生日禮物。」

他仍在喋喋不休。雖然我並不以為意，但阿剛認為與我有了某種連結，迫不及待地抓住這個機會，就結果而言是我給了他這個機會，我感到有點不安。

門廊的位子忽然空了出來，我四下張望尋找兔夢氏。我怕他不知我在這裡直接進大廳了，於是朝玻璃窗凝神注視大廳內部。

我位在明亮的地方看昏暗的室內，所以看不分明。

正面暖爐上方有電視，出現了男人的臉部特寫，好像是某位相聲大師。他穿著深色和服，快活地說話，咧開大嘴在笑。

他突然瞪眼凝視某一點說了些話，頓時引起哄堂大笑。不知是在攝影棚內還是劇場的實況轉播，總之他正在賣力表演。

看到那張臉，我一瞬間暗想，「這張臉看了還挺舒服的……」這種好感好像似曾相識。

（呃……呃……是在哪兒見過……）

那不是銅鑼男嗎！

我大吃一驚，急忙再盯著電視，可惜表演好像已經結束，這次換成打領帶的主持人。主持人說剛才表演的是某某家某某丸「夢金」大師。

雖只是驚鴻一瞥，但我卻恍然大悟。那個銅鑼男的確有點藝人的氣質，最重要的是他是個圓滑的長舌男，雖然滔滔不絕，但搭訕的方式很有效，他不停變換手法到可笑的地步，是個很會逗我發笑的長舌男。

如果那個銅鑼男就是「夢金」，那麼一切就說得通了。但那只是瞬間的感覺，在沒有確認之前無法斷定。

況且不管能否斷定，對我而言都不重要。只是，我抱著「這世間，真可笑」的念頭獨自偷笑，很想晃呀晃地不停抖腳，讓門廊的籐椅吱呀作響。我的背部摩擦椅背，獨自回想著「呵呵……」偷笑。這已經不是能夠告訴兔夢氏乃至阿剛的事了。在他是銅鑼男的階段，我還可以當成「故事」對兔夢氏敘述，互相笑著說是「人間行家」，但是接下來，演變至他其實是「夢金」後，頓時變成了非常庸俗、不值一提的「事實」，不足為取的事。

不值得帶進墳墓的事，就像用過即丟的衛生紙、被扔棄的枯萎花朵、已經吃光的空罐頭，是可以立刻拋諸腦後的事。

人生的「事實」，唯有升格成「故事」才有價值。

但我總覺得好笑，不僅抖腳，最後連身體都搖晃了起來。

「呵呵……」

我笑了。

「妳在笑什麼？」

阿剛立刻質疑。

「一下子突然傻笑，一下子抖腳，真是愛作怪。」

在他看來或許很「突然」，但我可是按部就班來的，可惜我不能告訴他。

「妳還是老樣子。」

阿剛從太陽眼鏡後面定定看著我。

「什麼？」

「突然咯咯大笑，讓人捉摸不透接下來會做什麼。」

「我有那樣子嗎？」

「每次都讓我很驚訝。這點完全沒變。」

「是喔。那麼，這幾年沒人嚇唬你，你應該很慶幸吧？」

「是啊。」

阿剛說，向後仰身，手指把玩桌上的打火機。

「但是老實說，也很無聊。」

怎麼能老實說呢。「告白」這種事只能一個人像嘔吐似地對著垃圾桶偷偷做，「國王有對驢耳朵」也是在地面挖洞才說的。

「我可一點也不無聊。閣下應該沒那種美國時間感到無聊吧？」

阿剛無論在婚前或婚後，都忙著追女孩，我以為他跟我一離婚就會立刻重新展開泡妞大業。

阿剛把我的懷表放在桌上。我深怕被他搶走就糟了，立刻一把抓過來，放進白色塑膠皮包。本來打算歸還給他的，但用了幾年後已產生感情，再也不想還給他。而且「這分明是屬於自己」的心情變得強烈，所以聽到剛才阿剛的語氣好像那是他的東西，就會覺得他「不講理」。

阿剛這位仁兄真的是不能掉以輕心。

他嘴上宣稱「是買來送給妳的」，卻好像不承認我的擁有權，過了一會兒，居然又說：「那玩意我放到哪去了？」

愛情亦然，阿剛的愛是有繩子的。就像溜溜球，即便丟給對方也希望能立刻收回自己的手中。

他想把自己的愛收回手中，一旦得到對方的愛卻再也不肯還給人家。

然而我的愛也如溜溜球，因為我把拋向阿剛胸口的情意，拉著繩子試圖收回。

阿剛抽起菸。

如果外人看到我倆，或許會以為是一對情侶正在享受初秋清晨的涼風，悠哉地度假。

幾個女孩揮舞著網球拍從飯店跑出來，計程車陸續載著離去的客人消失在林間。

天空變得蔚藍，掩映飯店櫃台的繁茂樹林中，禪庭花的黃色花朵以及胡枝子花若隱若現，讓觀者（或者該說是關西人）的心為之雀躍。

在這樣的雅趣中，阿剛說什麼都不肯讓我走，阿剛是個死纏爛打的男人。

這才想到，以前他雖傲慢又性急，但的確也很黏人，老是不肯學乖地纏著我。他好像還曾黏著我用盡甜言蜜語，不斷示愛來著？

14

以前，我認為世界上分為兩種人，那就是能夠表白的人與不能表白的人。

其中尤其是能夠表白的對象，唯有在自己不是那麼深愛對方，即便求愛失敗了也沒損失，處於這種輕鬆隨意的關係時才講得出口。

若是求愛遭拒就想同歸於盡，打從心底深深迷戀對方時，因為絕不容許失敗，嚴重時甚至會導致強姦致死的悲劇。

不過再繼續想下去，若真的深愛對方就會顧慮對方的立場，往往開不了口示愛。那是在我迷戀五郎這個男人時的想法，到頭來，我太愛五郎所以不敢表白。

但現在回想起來，就是因為我想得太多了才會無法表白。

不信看看阿剛。

死纏爛打也不厭倦。

現在他正悠然吞雲吐霧。

彷彿光是坐在我面前，就覺得「很有意思」。

說不定，阿剛其實與我一樣，偷偷看著我，正心想，有可能再跟這個女人上床嗎？說不定他已在「敬謝不敏」這一項打了圈，卻又被我「下次不知會做出什麼事」的個性吸引，死纏不放。那或許是阿剛把我當成同班同學對待，不過世界上其實分為三種人。能夠示愛的人與不能示愛的人，以及能夠死纏爛打的人。

我就是容易被纏上的人。

「對了，『侍從』家好像有孩子了。是個男孩。」

阿剛說。

「是嗎？」

我說，對此並無特別感慨。「侍從」是阿剛的表兄弟景山泰雄的綽號，他喜歡繪畫所以和我很聊得來。他是個大好人，在阿剛一族中我最喜歡他，雖然覺得他婚後有了孩子，內在最好的部分可能會全部轉向家庭，但我並不因此感到氣惱，只不過像在惋惜吹過的美好秋風，倒也無所謂。

「那很好呀，閣下也趕快結婚吧。」我說。

「或許明年就結。」

阿剛笑著說。

「閣下既然喜歡東京，何不找個東京的漂亮小姐結婚，叫人家捏著鼻子說『雨或蛇』。」

我這麼一說，阿剛放聲大笑。

那種大笑好像是我頭一次聽到。

但門廊的客人和服務生都沒有朝我們行注目禮。大家對避暑地的早晨感到興奮，已陷入深深的喜悅中，沒有閒工夫理會他人笑聲了。

「我怎能教人家說那麼下流的話。」

「奇怪，那你幹嘛教我說？」

「閣下另當別論。閣下唯有說出『雨或蛇』後才能像普通人一樣高尚。」

「小心我揍你喔。」

「哈！哈！哈！哈！」

阿剛哈哈大笑，甚至該說，他似乎很高興逮到了機會可以笑。

「奉勸閣下在外面玩夠了，還是娶個年輕妻子，像泰雄一樣生個孩子吧。」

我如此對阿剛說，並做出想抽菸的動作，阿剛把菸盒丟過來。我叼起一根菸，阿剛替我點火，那是「無後哲」和阿守、福田啟等男性友人常做的動作，阿剛這麼做我感到很古怪。

突然間，有種難以言喻的悲涼。

這是怎麼回事。

我差點潸然淚下。

我在想，阿剛該不會是太寂寞了吧？

那種話說不出口於是說什麼「想看我吃驚的樣子」，又說什麼與我離婚後「很無聊」

其實他真正想要訴說的是「好寂寞」吧？

我對自己的心情感到狼狽，急忙吐出青煙轉移焦點。

「花花公子不都是這麼做的嗎？閣下的浪漫情史已經結束了，也該正正經經做人了。我的朋友四十歲了還在追求浪漫愛情（我是說無後哲），在女人看來已經變得就像是班上的男同學了。閣下也該趁著還沒變成那樣之前收收心……」

我記得（當然不能告訴阿剛）碧姬．芭杜在最近那篇訪談中，曾經提到：「是命運的安排讓我活得轟轟烈烈。但即便是閃閃發光的事物，也會漸漸趨於平凡。瑪麗蓮（夢露）扮演家庭主婦的樣子，你能想像嗎？一定要珍惜自己美好的形象。絕對不能回到從前。」

阿剛以指節粗大的手指把玩打火機，他的手指也有手毛。手腕至手臂更是密密麻麻長滿了細毛，看起來就很年輕，若說我是「閃閃動人的三十五」，阿剛也不遜色，是「生龍活虎的三十三」，正值壯年，手臂現在看起來依然強壯，宛如橡樹的後頸，也充滿前途光明之感。

會發出溫柔話語的機器視對象可再次變得嶄新，所以阿剛如果換個對象，應該可以盡情活用。

雖非BB，但我與阿剛還是該珍惜「美好的形象」才是。但我已無心力也沒那麼好心告訴阿剛。

那種事太糾纏不清了。

「而且，等你有了孩子，若是男孩就叫做『小氣太郎』或『存錢助』——乾脆叫『小金丸』好了。」我對阿剛說。

「為什麼？」

「有錢人就該取個有錢的名字呀，你說是吧？」

「若是女孩怎麼辦？」

「若是女孩就叫做『未來』或『夢見』好了。」

「哼。」

阿剛換個姿勢蹺腳。

「閣下自己還不是沒孩子……」

「也沒姿色。」我補充。

「妳就沒想過一個人也會生病嗎？」

「或許會，但那也沒辦法，一個人默默死掉就算了。」

「幹嘛這麼自暴自棄。難不成窮苦日子過久了連腦袋瓜都壞了？」

他就是想激怒我。

但阿剛這麼死纏不放，似乎是想見見我在等的「朋友」，這時兔夢氏終於找到我。

「哦哦……嗨！」

他過來後阿剛定定凝視兔夢氏，眼也不眨。我站起來，為兔夢氏與阿剛介紹了彼此。

兔夢氏與昨天一樣，穿著棉質藍條紋外套，洗白的牛仔褲與球鞋，不過今天裡面換成白T袖。

「這位是中谷先生。他說是來此地避暑的。關口先生也是。」

我簡單地為他們說明。

「剛才我在煮濃湯，所以耽誤了時間……」

兔夢氏的大塊頭幾乎是對折朝我彎下腰，態度親密地說：「好了，那就一起去吧，歡迎中谷先生也去。是美式家常菜，豬肉燉豆子。我在紐約時，天天吃這玩意兒。我考慮了半天該煮咖哩還是這個，我也很會煮咖哩，不過那得耗費兩天才煮得好，所以最後我還是決定煮濃湯。」

兔夢氏以充滿懷念的親暱口吻說。

阿剛的字典裡沒有兔夢氏這種類型的人，似乎有點不知所措，但看得出他立刻心存輕蔑。兔夢氏的體型雖魁梧，但並沒有那種臂力過人的壓迫感，大阪腔也講得慢吞吞，軟綿綿的溫吞表情好像也招致阿剛的輕侮。本來阿剛對我的友人抱有毫無來由的歧視與輕侮，他總是說我的畫壇友人是「丟臉的畫販子」或「日本民族最底層」、「嬉皮人渣」，非常厭惡人家，所以他懷著那種僵化的看法年紀漸增，在這點上他似乎完全沒有改觀。

他冷冷打量兔夢氏。

「閣下的別墅在哪裡？」

「不，不是我的，是向朋友借的。」

兔夢氏如此訂正後，阿剛好像更瞧不起人家了。但兔夢氏說出的別墅號碼，與阿剛的別墅居然相距不遠。

「那就順路去我那裡坐坐吧？」

阿剛若無其事地對我說。

「我開車送你們過去。」

「不了。走路去就好。」

「你們兩個都上車。一起去看看我那棟小屋……」

「不用了。還是下次吧。」

阿剛聽到我這麼說，以「可惡，妳這個倔強鬼」的眼神對我一瞥。

「好吧，那就隨便妳。」

說著，他終於自椅子起身。抓起帳單順便交代：「我還會在這裡待兩、三天。週日我老爸會來。等他一來我就要回東京了。」

來了來了。「老爸」出現了。

阿剛的「老爸」和無後哲的「老媽」堪稱絕配。明明是男人，但不知是真孝順，還是依賴父母，阿剛也是動不動就把「我老爸這樣，我老爸那樣」掛在嘴上，麻煩透了。他家老爸大人身體還很硬朗，掌管公司大權，但照理說也是年紀一大把了……

阿剛的確不是壞男人，但在阿剛周圍搖曳的，永遠是這種浮世惱人牽絆的暗影，在「日本民族最底層」的庶民家庭長大的我看來，實在很困惑。當然如果我也能與阿剛一起依賴「老爸大人」或許就沒事了。

「妳還會在這裡待個兩、三天吧？」

阿剛說，取出記事本寫下別墅號碼與電話號碼交給我。我這才知道，在輕井澤只要說出別墅號碼便可知道地點。雖然心想他給我地址和電話也沒用，我還是收下放進皮包。

該說再見還是「雨或蛇」？不過，比起剛才在這裡最初碰面時，雙方的心情好像都平和多了。

「我走了。」

阿剛已經伸出手，況且還有兔夢氏在旁邊看著，我只好也伸出手說：「掰。」與阿剛握手。

這應該是有生以來第一次吧？因為阿剛以前都不是握我的手，而是從我的領口把手伸進去握我的乳房。

我算準阿剛的車子駛離停車場後，才與兔夢氏走出飯店。

我並未像芽利那樣主張「女人等於蕨類」，於是放心大膽地走在陽光下。

兔夢氏是個連寫字都要任性地撇一點或畫一橫的人，向來隨心所欲，走路也是挑他自己喜歡的路走，

「走這裡。從這裡走走看。」

「那應該是別人的別墅院子吧？」

「應該不會生氣啦，大不了道個歉就沒事了。」

他居然如此說。

橫越白樺林中的小徑，越過樹籬又來到停放腳踏車的路上，眼前有淺綠樹葉在道路兩側沙沙作響，蛋黃般的陽光灑落落葉松的林間，青草的香氣冰涼地刺激鼻腔，放眼望去不見人影，兔夢氏說：「我們好像變成了漢賽爾與葛麗特。」

然後「嗐哈、嗐哈、嗐哈！」笑了起來。

天空無垠高遠，還有，這是多麼筆直的樹木啊。

遠處的樹梢照到陽光，細碎灑在樹下的我臉上。柔和的日光彷彿薄紗輕撫肌膚。

若在關西，即便再怎麼涼爽的高原，日光也強烈得彷彿會在瞬間灼傷肌膚，但在這裡，一切都是淡淡的。關西的樹因高溫與溼氣長得歪七扭八，扭來扭去，但在輕井澤這裡，樹木筆直參天。冰雪風霜的清冽嚴寒削去了樹木的樹枝，鍛練樹幹，樹木因此誠實地筆直生長。看起來極有規矩。在炎熱的關西，樹木就像沒家教的頑童肆意妄為地生長。

連這裡的雜草都是弱不禁風的淡淡綠色，而且其中還有松蟲草與薊、龍膽花、地榆點點隱藏。夜空的星星藏在飯店三角屋頂的簷下，花朵卻在雜草叢中如星斗碎片散落。兩側有別墅，在院子燒落葉生起的煙，如霧氣縈繞在林間。

若是關西，這種道路的兩側會有大量的雜草，茂密得彷彿會有鬼出現，悶熱溼黏的草屑薰人欲醉。我固然喜歡，但此地這種一切都顯得縹緲脆弱的黃綠色葉片，讓我感到很新奇。而且每棟別墅各有設計巧思，邊窺探著林間掩映的白色門廊與木造小屋，一邊走路也是一樂。

再加上不時還有那冷得令人一震的凌厲強風吹過，肌膚頓時緊繃。就像香水噴霧在一瞬間對著鼻頭噴灑，不禁嚇了一跳。

落葉松的林子被寬闊的柏油路阻斷，越過道路後，徘徊在深深的落葉松林之中，我邊跳邊走。

兔夢氏配合我跳躍的步伐引吭高歌。他居然會唱完整的〈給你宙宙〉。

給你宙宙
宙宙給你
世界是金黃色
閃亮的宙宙
眼中的火花
旋轉的宙宙……

我也立刻學會了。若是詩人應該會歌詠「落葉松林寂寥，旅人亦感寂寥」，但我們凡夫俗子只會唱「眼中的火花，旋轉的宙宙……」不過話說回來，這樣蹦蹦跳跳走在樹林深處，在關西絕不可能，更別說是這樣走到樹旁，仰望頂端遙遠的樹梢。

我喜歡大樹，最愛高高的樹，但關西的樹全都很詭異。

樹幹有深洞好似躲了什麼東西，常綠闊葉樹那肥厚的、彷彿塗了油的葉子密密麻麻擠得樹梢都看不見……根部分岔成兩股的粗大杉樹，樹齡似乎已有數百年，樹上綁著象徵神域的繩子，令人不敢靠近，諸如此類，全都是這樣的樹……

聽我這麼一說……「對對對，那個在樹上綁丁字褲真是受不了，嗐哈！嗐哈！」

兔夢氏說出會遭天打雷劈的話。不過的確，不管是綁繩子還是丁字褲，那種「御神木」我已經受夠了，從小看著那些裝神弄鬼的樹長大的我，只覺得輕井澤這些樹真是清爽，樹上什麼也沒披掛，只是修長挺立，而且到了秋天一齊掉落的葉子，年復一年，又會冒出清新脆弱的嫩芽。與樹齡或繩子那種神威的壓迫無關，只是無心地自在生長，正是引人之處。

最後我與兔夢氏手拉手，邊跳邊朝樹林深處走去。路變得愈來愈窄，幾乎若有似無，被青苔掩蓋。

小屋就在眼前。門廊已傾頹，屋簷也有點歪斜，木板與紅磚砌成適當大小的山莊，煙囪的紅磚上方彷彿會有小矮人偷窺。

兔夢氏敞開門說：「妳隨便找地方坐，我這樣好歹已經算是收拾過了。」

我開心又興奮地走進小屋。眼前是裸露的木頭地板，牆壁也是有樹紋的木板，天花板很高，梁柱用的是相當粗的木頭。仰望有扶手的樓梯，二樓好像是寢室，從敞開的房門看得見床鋪。寬敞的客廳角落簡直被兔夢氏當成畫室，架著五十號大小的未完成作品，那一帶連下腳的地方都沒有。

暖爐周遭排著用白樺做的椅子及籐椅。對面是廚房，這邊有張籐桌，窗子連窗簾都沒有，簡樸得就像是亡命流浪者的小屋。從窗口只看見白樺的樹葉隨風嘩嘩搖晃。

「哇——別墅原來是這樣子的!?」

我光腳在地板蹦跳。在萬平飯店與芽利共進優雅的晚餐固然不錯，光腳踩著木頭地板，染上綠意彷彿連臉孔都發青果然更好。即便在小屋內，也有彷彿把香水咻地噴出的冷風吹過。

我走到門廊，在快要壞掉的籐椅坐下，又急忙套上涼鞋打量房子周遭。地板下方堆滿木柴，冬天大概是用這個燒暖爐吧?從外面看來，小屋被茂盛的胡枝子掩蓋只能看到一半，院子有一角正有信濃石竹花怒放。花瓣邊緣有纖細的皺褶，是很漂亮的粉紅色石竹花。

我忽然耐不住，再次光腳走進小屋。

「啊哈！」

一個人笑了出來。

兔夢氏在廚房熱濃湯，準備盤子。

「真好，這棟小屋讓人開心得眼前發黑。」

我這麼一說，兔夢氏嘻笑著回答，「如此開心的乃里子，也惹人憐愛得幾乎眼前發黑。真想一口吃掉。」

我們吃著長棍法國麵包與濃湯，一邊聽小鳥叫。那是一種哆哆哆的叫聲。

「那是什麼鳥？」

「應該是啄木鳥吧？這屋子的外牆也有啄木鳥鑽出來的洞。」

濃湯美味得無話可說，而且從我坐的地方，還可以看見兔夢氏的畫作。

畢竟兔夢氏這個人聲稱「字寫得規規矩矩就不自由，沒意思」，所以不規不矩的畫他畫得悠然自得。

只見紅圈圈的底下有黃圈圈，還有沒畫完的紅褐色圓圈。他以前曾提過自己是抽象派，但那幅畫很明亮，多少感到一種近似猥瑣的活力。就跟他的字一樣，我也愛上了他的畫。

「欸，那幅畫叫什麼名字？」

我說，他一邊在麵包抹奶油，一邊促狹地笑著。

「叫什麼都行，不然妳幫我取個名字？」

「濃濃密雲──可以嗎？」

「有意思。不過，好像有點猥褻。」

「那是畫本身猥褻。」

我倆大笑。我拿湯匙喝了一口濃湯。

「啊呀，真快樂。」

我說，咬一口麵包。

「啊呀，真開心。」

我說。放眼環視四周的木牆與天花板。

「我居然置身在輕井澤的別墅，簡直像做夢，這濃湯也很好喝。」

「取悅妳果然是值得的，那妳乾脆住在這裡吧，好不好嘛？」

兔夢氏雖是以女性化的大阪腔說，但我看著他奔放強悍的「濃濃密雲」，覺得他很有男子氣概。

「反正有兩張床。如果怕冷，也可以摟在一起睡。至於吃的，由我準備。」

我心想，那倒是很棒的生活，但兔夢氏又說：「不過，剛才那個人大概會生氣吧。」

他是說阿剛。我笑了。

「那傢伙沒資格生氣。他是我前夫。」

「嗯……」

「是監獄的獄卒。」

我說明「監獄」的意義。

「妳結婚幾年？」

「三年吧？」

「沒有小孩嗎？為什麼？」

對了，記得兔夢氏好像很喜歡小孩？

「我說不定是處女妻喔。」

「嗯，要是我的話一發就中。要試試嗎？小孩子很有趣喔。」

「下次吧。」

想想挺好笑的，疼愛小孩的人，往往在無形中像陷入沉眠，對別人說的話充耳不聞，但兔夢氏已超越那種境界，態度就像在推薦我養寵物，所以並不會令人反感。更何況，他一邊飽啖濃湯一邊說：「我告訴妳，小孩是誰播的種其實都一樣，種子也可以用借的，肚子也可以借，沒什麼大不了。」

兔夢氏的膚質就像輕井澤這裡的淺綠清風般舒爽，不，不該說是膚質的質感，應該是「人品的質感」吧，但借種這碼事，「還是留待下次吧。」

我從未享受過如此開懷的大餐。吃完後我走上小屋二樓參觀。不是像阿剛在淡路那棟別墅般極盡奢華能事，而是像僧院般只有簡單的木床與矮櫃，從敞開的窗口望出去，看得見淺間山。

「啊！」

我跳起來。巨大莊嚴、橫向延展的團塊，是青色沉鬱的山坡填滿了整個原木窗框，「怎會有這種景色，天啊，天啊，我不管了啦！」我暗想，對著眼下正在白樺樹幹綁上繩子晾曬衣物的兔夢氏亢奮地大叫：「兔夢先生！這裡可以看見山吔！」

我在床鋪坐下，又站起來看窗外的青山，甚至很想倒立。原木做的樓梯也很棒。我光腳跑下樓，又跑上樓，期間，兔夢氏就像是任由小孩嬉鬧的家長，不時看我一眼，然後繼續在廚房洗他的東西。

我光腳跑出去，在草地一屁股坐下。到了外面，便被樹林遮住看不見山了。我繞著小屋周圍走來走去很開心。

驀然間，我察覺阿剛想看的或許就是我這種驚喜的反應。但我不可能再一一配合阿剛的想法行動了——雖然我對阿剛說「下次再去」。兔夢氏也暗示我「可以借種」，但我還是回答：「下次再說。」

「下次再說」或「留待下次」這種說法，遠比「改天我打電話給你」更方便好用，很適合成年人。

不過兔夢氏雖然笑嘻嘻地這麼暗示，看起來倒也沒那麼堅持，他洗完碗盤，洗了衣物後，說聲「好了」似乎準備開始工作了。然後他說：「妳隨時可以來這裡住。」

但兔夢氏這種說法，好像不分男女，一律平等對待，就像在大型混浴場中男男女女都在洗浴身體卻能保持一心不亂，有一種天真無邪的心情，也像校外教學旅行大家一起睡大通鋪。

他這種風趣雖然好玩，但多少也令我有點意志消沉。

我在想，自己該不會已經無法和男人戀愛了？

想和男人上床的欲望，該不會全身上下再怎麼擠也擠不出來了？

不，這可不行。畢竟我是閃閃動人的三十五歲。

不過我忽然有種念頭，說不定這代表我在心力與體力各方面都已逐漸充實。或許像原梢一樣，女吸血鬼開始熱血沸騰……忽然想起原梢，或許是一種預兆？

半夜時分，電話響了。

15

「有您的電話。」

是櫃台打來的。我在夢中還以為自己正在聆聽輕井澤的蟲鳴，結果是電話鈴聲。睡前我一個人看電視時正巧看到夏木阿佐子在某猜謎節目出現，她發出響亮的大笑聲，逗得來賓與觀眾大樂。我在夢中想，她的笑聲可真吵，結果那原來也是電話。

一看時鐘已經快一點了。

「乃里？」

沒想到是福田啟。

我本以為啟在喝酒，從周防町的「海豹屋」半是好玩地打來鬧我，結果他居然說：

「梢出車禍了……」

「啊!?」

「我是從醫院打給妳的。剛才打去妳公寓，才知妳在這裡。」

據說，傍晚梢搭的計程車出了車禍，詳情不明。啟講得有點吞吞吐吐。

「半夜吵醒妳，不好意思。況且妳是特地出去玩的。」

「那不重要，現在到底怎樣？」

「她撞到頭。因為她沒有親戚，所以只能把朋友都叫來。」

「天一亮我立刻趕回去。」

阿啟鬆了一口氣。

「拜託妳了。這邊都是男的。不管做什麼都不方便。拜託拜託。」

阿啟掛斷電話，但他那句「都是男的」，令我聯想到事態嚴重。我很想現在就出發。不過話說回來，那個看起來就很強悍的女人，有一雙骨節粗大、青筋浮起宛如男人大手的女人，會狠狠抓住東西，「咻！」地用力劃過火柴，堅毅勇敢的原梢，竟然發生這種事，實在難以置信。

我一直認為原梢從來不會抽到那種下下籤、是個精明、四處周旋、準備周到、滴水不漏的女人。

因此長年來才能把女人的生意發展成如此規模。

所以，我把她當成我的大前輩，尊敬有加。

我本來還在沾沾自喜，覺得能發現原梢這種女人的魅力，是因為自己的人生閱歷已經比以前豐富。

那麼強悍的女人猝然倒下，被命運的暴力碾壓，我感到異常可悲。

即便再怎麼喜歡輕井澤，我已無法再享受此地風光。

我想打電話通知芽利，但仔細想想，芽利與梢的關係沒那麼親近，還是明天早上透過櫃台轉達一聲就好。我多少可以想像芽利的反應。

她八成會說：「我這個人，最怕面對那種可怕的場面了，我怕自己會抽搐暈厥，請見諒……我這人就是不中用……」

而且她講這番話時可能正任由大包髻的碎髮（或是說汗毛）有那麼一兩撮如蕨類葉片搖曳，一邊定睛研究早餐菜單。

芽利那種穩如泰山的模樣如在眼前，我莫可奈何。

我動手打包行李。

我已經睡不著了。

這時，電話又響了。

啟居然問我：「妳明天真的會立刻趕來吧？乃里。」

我一直覺得啟下垂的眼角與他的鬍子很搭，現在我發現和哭聲也很搭。

「梢說不定已經沒救了。快點，快點，妳快點來……」

縱使他這麼催促也沒用，這裡是輕井澤，我必須先回到東京，再搭飛機或新幹線，才能回到大阪。

「嗯，我立刻回去。」

我掛斷電話，查閱火車時刻表。照啟那麼慌張的表現看來，梢現在說不定只能靠朋友守著她、看護她。身旁一個親人也沒有……

阿剛之前才說：「沒小孩也沒姿色，妳就沒想過一個人也有生病的時候嗎？」以梢的情況，還真被他說中了。

我一邊查時刻表邊盤算，如果連夜趕回東京，明天早上，再搭第一班車回大阪……

（能坐汽車回去嗎!?）

我忽然想到。深更半夜，計程車或許不願開回東京，但有自用車的人好像只有阿剛。

與阿剛道別就在十幾個小時前，當時是以成年人的方式互道「下次再見」才分開，沒想到這麼快「下次」就已來臨了。

我撲向白天拿的包包。

後來整個下午，我都騎著租來的腳踏車在飯店附近打轉，所以包包一直被我扔在一旁。仔細一找，阿剛給的紙條還在。要是沒有這張紙條我就不會做這種事了——我邊想，還是試著撥了電話。

電話響了很久，終於，「喂？」

接電話的是個年長女人的聲音。我努力思索這是阿剛家族的哪位，卻想不起來。

「是中谷公館吧？請問中谷剛先生在嗎……敝姓玉木。」

老女人消失，又等了很久，才傳來阿剛不悅的話聲。

「喂？哪位？」

「是我，乃里子。」

「搞什麼，是閣下啊。」

阿剛的聲音忽然轉為清晰。

「我還以為是誰，本來都睡著了。」

「半夜打擾很抱歉。」

「這時候打來，有什麼事？」

「那個，我想跟你見個面。」

「有何貴幹？」

阿剛不懷好意地說。

「之前我忘了，那個，上次我忘記帶走的包包，我想向你拿回來。」

「那種東西早就進垃圾桶了——妳到底想說什麼？」

「閣下想不想來一趟深夜兜風？我是想，也許你臨時起意想開車去東京。如果……」

「傷腦筋，我看妳是睡傻了吧？神經病！沒事幹嘛非得半夜出門傷春悲秋，別把人當傻子耍！」

阿剛把電話掛了。

果然不行，這若是無後哲，可能二話不說就一口答應了，但阿剛（或許該說是理所當然）根本不給我任何機會。

看來恐怕只能等早上的第一班車了。我不知道梢能不能夠撐到我趕回去，於是坐在床上發呆。

我回想起梢喜孜孜地在桌上排出各種藥物吞下的情景。

（明明吃了那麼多藥保養身體，結果根本一點用處也沒有嘛。）

我很想哭著痛罵梢一頓。她愛吃感冒藥與消化整腸的藥，連鎮定劑與頭痛的止痛藥都一應具全，對於身心保養毫不懈怠，方方面面都滴水不漏……

我想起梢曾經談起她過去的經歷。

她說：「不過發生了那麼多事還挺有趣的。」

也說過：「好像已經厭倦了。」

又說：「我忽然發現，最近好像養成以過去式說話的毛病，唉，不過這也不重要啦。」

梢為何會以過去式說話？難道她已隱約預感到自己的命運嗎？若真是如此，梢或許已回天乏術。

梢口中「唯有那孩子給我的印象特別深刻」的「市電」男孩，鐵定不知道梢現在處於這種狀態。一個人堅強獨立用力「咻！」劃火柴的女人，相對的，死時或許也會是一個人獨自死去。

不知不覺我把自己與梢的命運重疊，我哭了。

這時，電話響起。

我以為是啟打來通知梢的噩耗，「是我。」

結果是阿剛。

「……」

我一直抽咽打嗝，所以無法回話。我拚命克制心情，好不容易才回了一聲：「……是。」

「妳幹嘛聲音那麼可憐兮兮。出了什麼事？為啥要半夜回東京？」

「……你等一下。」

「幹嘛，妳倒是快說呀！」

阿剛耐不住性子斥罵。

「我要擤鼻涕啦！」我這麼一說，阿剛在電話那頭咯咯笑。

擤完鼻涕抹去眼淚後，「抱歉。」我重新拿起電話說。

「就算被我拒絕，也犯不著痛哭吧？到底是怎麼了？妳倒是說說看。」

阿剛自大地說。雖然不是因為被阿剛冷漠斥罵才哭，我還是簡短說明：「我的朋友性命垂危，是車禍……」

「那傢伙是男的還是女的？」

「閣下為什麼老是問那種事？是女的啦！」

「妳可以拜託今早見面的那傢伙呀。他不也是妳的朋友嗎？」

他指的大概是兔夢氏。

「那個人沒有車……」

「所以才叫我當妳的司機嗎？妳這傢伙，虧妳說得出那麼自私的話。妳把我當成打雜跑腿的嗎？妳仔細想想，這種三更半夜把不相干的外人從床上叫醒，劈頭就叫人家開夜車回東京，妳有這種強人所難的權利嗎？」

我試想了一下，被他這麼說，的確，他罵的對極了。我剛才到底在想什麼？果然是心慌意亂或者睡迷糊了嗎？一想到「車子」居然就立刻聯想到「阿剛」。

我死心了，「好。算了。」

我這麼一說，「什麼叫做算了？」

阿剛像要報復似地頂回來，但他旋即忍不住笑了，並且說：「我這可不是開心才笑喔。是太生氣，太鬱悶，太目瞪口呆才笑。閣下的任性自私簡直令人嘆為觀止，氣得我心痛反胃，渾身上下不舒服所以只能笑。」

「對不起，所以我不是已經說算了嗎！」

可惡，早知道會被他這樣長篇大論教訓一頓，我就不說了。

「妳這是什麼說話態度。三更半夜把人吵醒，快點道歉。」

「我不是正在道歉嗎！」

「那種事明天一早搭第一班車回去不就解決了？」

「我會的。」

「反正，沒救就是沒救。」

他是指性命垂危的傷患吧。縱使向阿剛解釋梢與我的關係也沒用。不過，阿剛自己如果聽到「老爸大人」病危，別說是東京了，就算是大阪他也會拚命開車趕回去。

「再見。」

我正要掛斷。

「慢著。不當面罵妳一頓我不甘心。二十分鐘之後到飯店，妳給我等著。」

「……」

「順便會飛車去東京。妳先準備好。」

阿剛語帶憤然像要狠狠啐一聲似地掛斷電話，但他的聲音雀躍且氣勢十足，充滿了幹勁。

我一下子精神大振，收好行李離開房間。付了房錢，把寫給芽利的信交給櫃台，才察覺深夜的輕井澤冷得令牙齒打架。

我把毛線長圍巾摺成三角形披在肩上，手工紡織的灰色獵帽壓得很低蓋住眼眉，獨自在空無一人的飯店大廳發抖。

車頭燈閃過，車輪碾壓石子的聲音響起，不到二十分鐘阿剛就來接我了。櫃台人員說：「請問是這輛車嗎？」接著替我把行李搬來。

阿剛穿灰色夾克，戴了淺色手套，替我開車門。好像和之前開的那輛黑色汽車不同。不過其實我也分不清車種，只知道這次是扁平的白車。

我從以前就懶得正確記住東西名稱，與阿剛一起生活時，也覺得要念出Lark或Rothmans這些香菸品牌很麻煩，一律稱為「紅色香菸」或「白色香菸」，若照那樣說，車子可稱為「黑色汽車」與「白色汽車」。

車內很暖和。上車時，駕駛座的阿剛雙腿與我的腿相觸，驀然間，我暗想腿原來也是溫暖的。

比起手與手、肩與肩相觸，腿的溫暖會令人格外依戀他人的味道。

阿剛在電話裡雖然罵得很凶，但表情並不怎麼生氣。

「鎖上！」

他在我關車門時提醒我。

「那個保溫瓶，裝了熱咖啡。」

他指著角落的籃子。附有縱長形把手的籃子裡，有藍色保溫瓶，關上蓋子就會自動固定。

「妳招手說聲來來來，我就得趕來……」

阿剛劈頭就先砲轟我。

「自己需要的時候才想到叫我，妳這女人。」

「所以我不是已經講過對不起了嗎！」

「別用那麼不可愛的聲音說話，妳就不能溫柔委婉一點嗎？」

「到東京要多久？」

「現在出發的話兩個小時應該就會到。」

輕井澤黑漆漆的萬籟俱寂，但是到了交流道後，來往車輛比想像中還多。好像也有許多大貨車是徹夜行駛。民宿的燈光忽明忽暗，路旁的夜色很深，一些車頭燈如子彈疾速交錯。

「去大阪的飛機第一班是幾點？」我問。

「ＪＡＬ是七點，全日空是七點五十五分。」

阿剛似乎經常往返，立刻說道。「中間還有一點時間，抵達東京後，妳可以先在飯店休息兩、三個鐘頭。」

「不要緊，我可以在飛機上睡。」

「天亮之前我們就會抵達了。」阿剛說，「妳這樣熬夜，臉上的雀斑會愈來愈多喔。」

「我臉上才沒有雀斑。」

「在光線明亮的地方一看，雀斑就出現了。」

今早，不，應該說昨天早上，阿剛在門廊就是這麼想才盯著我猛瞧嗎？

「畢竟是年紀大了啊。」

居然吃我豆腐。哼！

「開玩笑，我可是閃閃動人的三十五。」

「說什麼傻話，看起來都四十了。」

阿剛說，我火大了，從旁邊朝阿剛的小腿踢了一腳。

「喂喂，這樣很危險，萬一出車禍怎麼辦，去探望車禍病人結果自己反而出車禍的話未免太慘了吧。」

如果這樣趕回大阪，衝進梢的病房，能夠讓梢立刻康復，說著「妳來了啊」再次展現那種旁若無人的大笑不知該有多好。如果能夠聽到她說「啊，我怎麼可能會出車禍嘛」……我忍不住對阿剛抱怨，「都是因為搭計程車，她才會……」阿剛連一半都沒聽完，「唉、唉，我不想聽妳講那種事，簡直觸霉頭。」

他打斷我的話。「我跟那個人半毛錢的關係也沒有，是因為閣下要去，所以才去，妳可別搞錯，不用跟我講得那麼深入。」

唉，說得也是。

阿剛那種施恩的態度變本加厲，

「睡得好好的就被妳吵醒。」

「好啦好啦對不起。」

「妳起碼該跟我說謝謝吧？這可是深夜加班喔。和一般兜風不同。」

「少來，你明明迫不及待就跑來了。」

「小心我掐死妳喔。真是的。」

不過阿剛的聲音聽起來心情很好，於是，我也不便再對著阿剛愁眉苦臉地抱怨梢的事。不管怎樣，就算拍他馬屁，也要讓他把我平安送到東京。

「怎麼不聽點音樂？」

我說著準備開收音機。

「別開！」阿剛說。

他那種聲音和口吻完全一如往昔。阿剛的距離感在我面前忽伸忽縮，現在這種場合，三年的時光等於一下子消失，又回到以往我倆同住時那樣的距離。

「我是怕閣下會打瞌睡。」

「聊天的效果更好。我真不懂車上有兩個人時，為何還有人要開著收音機。」

阿剛這麼說時，我忽然覺得，這句台詞彷彿很久以前也聽過但就是想不起來。或許，在我還沒和阿剛結婚前，與阿剛坐車時他也曾講過這句話。那時他很喜歡在我倆一起坐車時不停講話。

不過，到了婚姻生活的尾聲，車上總是開著收音機，我們已經很少交談了（正如之前說過的，「會發出溫柔聲音的機器」壞了，兩人都不知所措，只好開著收音機來粉飾太平）。

「妳後來一直和那位大叔在一起嗎？」

從阿剛的聲調感覺得到他對兔夢氏的嫉妒。

「他請我吃午餐。在小木屋，我很驚訝從窗子能望見淺間山。」

「是嗎？閣下不解世事所以無論人家給妳看什麼都會單純地驚訝。早知這樣應該讓妳看我的別墅才對。」

阿剛似乎還在耿耿於懷。我心想有必要稍微拍拍馬屁討好他。

「那是什麼樣的房子？像萬平飯店一樣嗎？」

「那種又老又舊、就像怪異古董品的玩意根本不能比。」

無論如何，阿剛絕對不會誇獎別人的東西。

「和閣下那位朋友的老舊程度倒是很像。」

「但他是個大好人喔。」

「會嗎？我倒覺得他灰頭土臉無事瞎忙，愣頭愣腦的。」

阿剛發揮了愛吃醋的本領。

當我讚美別人時要得到阿剛的認同很困難。阿剛只會讚美他自己以及與自己有關的東西。說到阿剛的無趣，那也是原因之一。只知讚美自己與相關範圍內的東西，話題自然也有限。

不過，我也不喜歡那種輕易讚美別人的傢伙。我會懷疑那種人到底在打什麼主意。兩種我都不喜歡，但貶低他人一味贊揚自己的阿剛或許還稍微好一些。至少我很清楚他在想什麼。

「幹嘛不吭氣？妳倒是說話呀！」阿剛像要敲打我似地說。

「我只是在想點事情。」

「閣下只要一動腦筋準沒好事。會倒大楣。枉費我本來那麼享受輕井澤假期。」

「你來的時候也是開車來的？」

「嗯。不過，塞車很嚴重。雖沒盛夏時那麼擠，但錐冰交流道一帶的車子很多。」

但是現在那也像騙人似地，路上幾乎沒什麼車輛。而輕井澤已漸漸遠去。

「給你宙宙……眼中的火花，旋轉的宙宙……」邊唱邊開心跳舞走過的落葉松林，那宛如童話的林間「異國風景」，已漸漸成為回憶的畫框中，失焦的風景明信片。

「唉，我果然與風景明信片和童話無緣，我天生就是這個命運。」

我不得不這麼說。好不容易有生以來第一次可以在「異國風景」中好好享受四、五天，不料竟立刻被拉回現實生活。能夠把輕井澤當成肥皂一樣奢侈地用過即丟不放在心上的，恐怕只有芽利那種人，而我還無法習慣。

像我這種人頂多只能在可以遠眺大阪城的公寓光著身子沐浴朝陽吃土司，「哇哈哈哈」笑著唱〈日安歌謠〉，若是那樣的生活我倒是敢大手筆地揮霍，但輕井澤這樣的「風景明信片」，不得不讓人認為這「不是我能過的生活」。

原梢的車禍是意外之災，在我去輕井澤的期間發生純屬巧合，但我多多少少會覺得，或許是我與「風景明信片」八字不合造成的。

「妳幹嘛這麼消沉。妳也犯不著這麼難過吧。明年再來不就好了。冬天來的話，還可以溜冰，飯店也照常營業。」阿剛說。

但我在乎的根本不是那個。異國是異國，關西是關西，終究是不一樣的……

「妳說什麼傻話，只要有錢還不都一樣。這年頭，就算是大阪人也一樣在輕井澤與蓼科擁有許多別墅。」

「有錢」的阿剛愈扯愈遠。我換個話題，「我那個小包包不在這輛車上嗎？你扔掉了？」我問道。

「在東京啦，我下次給妳。」阿剛說。

我覺得很可笑不禁獨自偷笑。然後從皮包取出記事本，寫上「下次」。

阿剛也用了成年人的愛用語讓我覺得很好笑。這樣隨時記下靈感已成為我的習慣。

一切的一切，如果不這樣記下就會漸漸遺忘，尤其是在獨居生活時。

「妳在寫什麼？」

阿剛以眼角餘光瞄到，問道。

「不能遺忘的事。」

「天底下哪有那種事。無論是欠債或人情道義，這年頭什麼都可以忘記。一切統統都說句『等下一次』就行了。」

唉呀呀，阿剛也變成「無前剛」了嗎？

「誰還去一一記住啊!?」

阿剛以微帶惡意的聲調說。

「就像我，轉眼就忘光了，無論任何事。」

他那種口吻，有點苦澀。

16

我漸漸睏了。

但我如果睏了，阿剛可能也會想睡，於是我拚命忍住睡意。我心想，還是盡量找個能夠刺激阿剛與我的話題好了。

「後來，可有好女孩出現？」

我試著問阿剛。

「有過，但我總覺得，一切好像都變得索然無趣。」

阿剛雖然有點「愛炫耀」，但他是個從不說謊的男人，所以他這番話應該也是真的。

「最近，好像總算又漸漸變得有趣了。無論是這世間或女人。」

嗯，如此說來，或許就像我出獄後漸漸習慣自由世界的空氣，阿剛也有他的「出獄感」。但與我不同的是，他是個少不了高爾夫球或滑雪這些消遣嗜好的人。

「那是兩回事，讓妳跑了之後，我或許還是有點受到打擊吧。」

打擊，意思是說受到傷害。大阪腔沒有「受傷」這種做作的字眼，所以一律用「打擊」這個說法。還有，「讓人跑了」與「分手」是同義語，在大阪腔裡，這多半用於表現自嘲、被害的想法。

「我也一樣受到打擊呀。」我小聲說。

「那不可能。」

宛如斷定家銅像的阿剛一口咬定。

「閣下就只會耍任性。」

但我不會跟他吵架。畢竟我現在是走〈日安歌謠〉路線。「以便在彼世相逢時，能夠說聲日安你好……」

於是我說：「也許吧。」

「怎麼，不像剛才那樣頂嘴了嗎？妳太老實反而沒意思了。」

「我睏了，可以睡一下嗎？」

「虧妳說得出那麼自私的話。那我怎麼辦？」

「閣下還是好好睜大眼睛吧。開車打瞌睡我可不饒你喔！」

「可惡。」

但他的聲調毋寧帶有一種喜悅。之後我陷入熟睡，驀然清醒時車子已停下。四周還是漆黑的，前面好像也有車子停著，紅燈大排長龍，原來是塞車了。

「怎麼搞的？」

「好像有車禍。也許是駕駛打瞌睡。」

我喝著保溫瓶的咖啡。

「我肚子餓了。」

「妳這厚臉皮的傢伙還真敢開口。」

「我睡了很久？」

「十五分鐘左右吧。」

阿剛開窗抽菸。夜晚的空氣冰涼，但那已不再是輕井澤那種會令人渾身一抖、冷得有種違和感的空氣，而是熟悉親暱的城市空氣。

「虧妳好意思呼呼大睡。」

阿剛一邊拍打方向盤一邊看著我，「如果我禁不起肉欲的誘惑起了什麼邪念看妳怎麼辦？這輛車很寬敞很方便喔，任何體位都使得。」

「少吹牛了，我看你省省吧，『肉欲』可不是隨便就能掛在嘴上的，你這是糊弄人的不實廣告。」

「誰說的。這是如假包換的『肉欲』。」

聽聽阿剛這話說的，簡直像在肉店秤斤論兩地賣肉，不禁笑了出來。說真的，雖然我很喜歡兔夢氏、福田啟、無後哲乃至阿守，但是都不曾像我與阿剛說廢話時這麼開心，看來我倆果然最契合。

面對一個無底深淵，雙方都像看到什麼可怕事物般不敢靠近，只是稍微窺見噴火口的邊緣就哆嗦著退後，但在相距不遠的安全地帶，彼此卻是最契合的對象。是扮演相聲的搭檔。對此產生誤解，或許就是我倆婚姻失敗的原因。

但是我現在想，就算一輩子當相聲搭檔又有何不可？

我在記事本寫下「相聲搭檔」。想必世間也有某些夫妻是抱著這種想法過日子。相聲本就是「夫婦」這種職業的眾多業務種類之一。

「對了，那個表……」阿剛說。「那個，妳很喜歡嗎？要是能有一個東西讓妳喜歡我會很開心。」

他指的好像是懷表。

「閣下既然無欲無求，為何獨獨把那個帶走？」

對我而言是無心之舉，但阿剛不知何故好像非要認定那具有重大意義。

「可見一定是有什麼特殊的回憶吧？」

我根本沒那種回憶，但也犯不著不給面子地否認，於是保持沉默。

「以前的東西我也不再使用了，人哪，只要不用就會忘。那樣最好。身邊的日用品，還是常常徹底更換最好，把以前的事統統忘掉。說到這裡，上次下大雨那天我開車經過御堂筋，驀然看到熟悉的身影踽踽走在路上。雖只是背影，但我一眼就認出來是妳，就我身邊的日用品來說，妳算是很厲害。」

「我可不是普通的日用品。我是閣下的愛用品。」

我這麼一諷刺，阿剛大笑。

「是愛用還是便宜又好用這我不知道，但日用品即使一時厭煩丟掉，換上新的代替品，過了一段日子再見到，還是會很懷念。」

「那要看是哪種日用品。也有些東西可能再也不想見到吧。」

「的確也有些東西噁心得令人只想砸爛。不過或許也有時間的因素吧，時間過了太久，說不定會想『有過那回事嗎？』就像去年的日曆已失了興致。不過如果沒隔多久立刻又見面，或許也會覺得『媽的，這個小鬼……』搞不好會大打出手。」

「拜託，我現在到底是在跟誰講話啊？簡直像是黑道幫派組織。」

「哈哈哈……這也是因人而異。我和東京的美女講客套話時可不會用這麼粗俗的說詞。只有和閣下私下講內心話時，才會變成這樣。」

「請你跟我講話時也講客套話就好。我可不是你的內人。」

「少囉唆，這是個人等級的問題妳懂嗎？」

「講內心話的就比較上等嗎？」

東京很遙遠，黎明好像永遠不會來臨。

與阿剛說話，每次都是在車中密室這種日常次元卻又超越那個次元、宛如在夢中的場所。與外界隔絕後，我倆好像都能誠實吐露真心話了。

尤其是阿剛自有他的優點。

「往事已遺忘——雖說如此，無聊時忽然又想起了，我發現，以前根本不知無聊是何滋味。」

他說出這番真心話。但我可沒有那麼高尚的情操願意說出真心話，於是保持沉默，阿剛說：「睏了嗎？」

「嗯。」

「那妳睡吧。」

我閉上眼後，眼皮逐漸感到沉重，之後阿剛似乎替我蓋上小毯子，就這樣昏昏沉沉睡著了。

再次醒來時已抵達東京，車子停在阿剛公司據說經常使用的市區某間小飯店的停車場。正如阿剛說的天還沒亮，而且，天候不佳，陰雨綿綿令人沮喪。

阿剛在櫃台幫我訂房間之際，我打長途電話去醫院。

阿剛說他待會兒要直接回東京的住處睡覺。

電話在大廳角落，位於灰炭色塑膠屏風後面。福田啟給我的醫院電話一直打不通，我重新檢視紙條，才發現我把自己寫的字看錯了。我重撥號碼，這次立刻接通，接電話的人不是福田啟而是護士小姐，對方說原梢已在三十分鐘前身亡。我請她叫福田啟來，她說現在沒人在。大家都到哪去了呢？

阿剛來到我身旁時，我正咬著大拇指指甲站著發呆，表情肯定很奇怪。

「怎麼了？」

阿剛說。我一聽不禁眼泛淚光。

「到底怎麼了！」

阿剛又說一次。

我哭的不是原梢的死亡本身，而是死時「身旁沒有任何人」。之前我對於自己的死和他人的死壓根沒想過。必須思考的事太多了。

雖然我以〈有一天歌謠〉吟詠彼世，還說什麼「就算去了彼世也不可能有這麼幸福」，自鳴得意地頻頻把「彼世」掛在嘴上，但那並非以死亡為中介產生的想法，只不過是當成「此世」的休息室的意思。我絲毫沒有想到每個人都會真的死掉。也可能身旁沒有任何人陪伴，一個人孤伶伶死去。而且，那肯定會是獨居的我將來遲早要面臨的死狀。想到這裡，淚水就自然湧現，那與其說是為了原梢，我想哀憐自己的成分或許更大。我是孤獨的，一個人孤伶伶，這時「給你宙宙……」和「乃娃系列」和「異國的風景明信片」和「女人是蕨類」理論都已消失，只剩下一個人孤伶伶的徬徨無助、寂寞、無止境的孤獨。

獨居生活的快樂，原來與這種孤獨的恐怖是一體兩面緊緊相依啊。我本以為自己非常清楚這一點，而且明知如此還是很享受獨居生活，但是，突然被人挑明之後終究還是讓我在倉皇狼狽下哭了——顯然事情就是這樣的。

但阿剛以為我純粹是為友人落淚，於是問我：「那人沒救了嗎？」

我點頭。

「那也沒辦法，妳別哭了。」

他簡單地說。我的友人死去對他來說沒有一絲一毫撼動心情的要素，所以他特別強調：「枉費我一路飆車趕回來。」

並藉此安慰我：「那個人一定也會明白妳的這番心意。妳就別哭了。」

被阿剛這麼一說，這次我真的純粹為梢難過了，淚水再次滾滾湧出。阿剛見他的話打動了我似乎很感動，毫不客氣地抱住我的頭。那和很久以前，阿剛把我的頭當成球一樣抱在腋下，將我的頭髮弄得亂七八糟時的動作一樣。

阿剛的胸膛很溫暖。之前上車時，他的小腿肚與小腿前側與我的相觸，雖然隔著彼此的牛仔褲與休閒褲，卻讓我感到腿原來如此溫暖啊。

現在我發現胸膛比腿更溫暖。

「好了啦，那也沒辦法。乃里公這樣哭哭啼啼連我都要跟著瘋了。」

阿剛說。這是他這麼久以來第一次沒喊我「閣下」而是像以前那樣喊「乃里公」。

「你不是最喜歡看我被嚇到或是抓狂失常的樣子嗎？阿剛。」

我也頭一次當面直呼他的名字。

「是沒錯啦，但妳一哭我就沒轍了，哭得涕泗縱橫的我都不知該怎麼辦。」

阿剛讓我在大廳的沙發坐下，自己茫然抽著菸。大廳的男職員過來，說房間已經準備好了。

「你可以回去了，阿剛。謝謝你。」

我小聲說。

「虧妳說得出這種話，把我利用完了就叫我走。起碼先讓人家安心抽根菸吧，我也很累吔。」

阿剛抱怨，這種「讓人家抽菸」好像在替人請求的修辭法，是大阪腔特有的說法。

雖是陳述自己的現狀，卻用拜託的口吻。

我吃吃笑。阿剛真的很可愛——雖然我的眼角還掛著淚水。

「那你抽完一根菸就回去吧。」

我說著用雙手握住阿剛的一隻手，忍俊不禁地笑了出來。

阿剛伸出一隻手摟住我的肩。阿剛的體味（比他用的男性香水更強烈。那即物性的氣味，或許其實是對阿剛往日言行的記憶）令我很懷念。

但我並未因此對阿剛萌生如往日般的情意。如果能夠只抽出阿剛最好的部分，奢侈地消費，那我只想要他的友情。

BB說過：「要擁有真正的朋友很困難。」

但男女之間若真有友情，我想恐怕只有分手後的男女才會有。不過我不可能跟阿剛說那個。因為阿剛如果聽了，「什麼男女之間的純友誼，我要把它吊起來打入地獄。」

他鐵定會這麼唾棄。

「好了好了，打起精神來。妳最好馬上睡覺。現在應該是美容時間吧？」

阿剛把香菸摁熄時，我不假思索脫口而出：「留下來吧，好嗎？」

「不要。」

阿剛斷然拒絕，「天亮之後妳一定會叫我送妳去機場。」

「啊哈哈。被你猜對了，沒錯。」

「妳還真是得寸進尺。妳想得美，別以為我會一直給妳好臉色看，妳找錯對象了。」

「反正你還在休假吧。這樣總比你一個人閒著無聊好吧？」

「我這樣的大帥哥怎麼可能一個人閒著無聊。」

我們一邊這樣小聲互嗆，身體卻緊緊貼合，彷彿洞穴裡的小獸擠成一團，彼此相依相偎。

大廳的窗子，漸漸泛白，但雨還是下個不停。報紙送來了，車子停在飯店玄關，這天的第一道日光雖還沒射下，但清晨已漸漸接近。

阿剛身體一動。

「你要走了？」

「上廁所。」

之後他離開飯店，等他再進來時，只見他雙手各拿了一杯紙杯裝的燙舌熱咖啡，

「拿去。」他遞給我一杯。

他說飯店旁邊的十字路口有自動販賣機賣咖啡。阿剛丟銅板進去，拿出兩杯紙杯裝咖啡的樣子，我實在難以想像。若是以前的阿剛，鐵定會努動下巴支使我：「去買咖啡！」

或許阿剛操作的並不是賣咖啡的機器，而是溢出友情，溢出「男女之間的友情」機器。縱使「會發出溫柔聲音的機器」壞了，「友情」機器也許依舊可以使用。

我驀然發現，人，其實擁有許多機器。

人們沒有好好確認這些機器，當然更沒有研究操作方法，任其蒙塵，最後就此扔棄。終其一生，甚至不知自己內在有那樣的機器，就這麼衰老、死去。

但是，到處尋找各種機器，這個要怎麼使用？是這樣？還是那樣？

又按又戳又拉，試著學習操作方法，在我看來，似乎也是有趣的事。

阿剛比我的動作快，已津津有味地品嚐咖啡。他坦然自若地，大口飲下這燙舌、芳香、濃郁的液體。

只能說，阿剛的咽喉與胃都是鐵做的。他是個生活力（不是抽象意義，是純粹動物性意義上的）很強的男人，對我來說很值得依靠。但是，我知道，那也只是當下這一瞬間的感動罷了。

而友情，只要在瞬間交會就夠了。最好的證據就是，最後阿剛還是送我去搭飛機，但坐上飛機的我，滿腦子想的只有原梢。

17

阿剛與我，現在堪稱是義大利麵友。

不知怎麼搞的，我和義大利菜就是沒緣分，「羅馬」我已經不敢去了，「馬契羅」在原梢走後，我也不想再去。於是阿剛介紹位於北區某大樓的新餐廳，我們不時會在那裡碰面。但阿剛不是我那個小團體中的一員，純粹只是我倆單獨的來往。

所謂的小團體，指的當然是一同籌備喪禮的朋友。原梢的喪禮是大家分工合作幫著辦完的。從她身邊「出門去剪個頭髮」的那些男孩子（除了啟之外）一個人也沒來。我懷疑梢說的那些少年（同樣除了啟之外），或許在現實中並不存在，只是她自己的幻想，但現在已無從確認。

梢的遠親趕來了，負責做善後處理。

不知是梢「貼貼紙砰砰砰蓋章」資助的老先生還是老太太，似乎覺得梢的遺產比想像中少，於是對啟提出猜忌的質問，啟早已習慣。

「唉，這也算是替梢做功德吧。」

大好人啟說。梢的棺木是啟與阿守、無後哲這幾個男人抬的。朋友能夠那樣一起幫忙，我就安心了——我把棺中人替換成自己，哭著目送。

芽利說：「我已經決定了，讓『海豹屋』的謙太郎等人替我抬棺，到時幫我辦個純女性的喪禮。」

原來如此，那樣或許倒也花團錦簇。

像謙太郎那樣力大無窮的女孩，我在芽利的身邊見過好幾個，的確像芽利的作風挺好玩的。

無後哲說，最近「老媽」的身體不適，弄得他焦頭爛額。

「老媽要是死了，我可受不了，也會很慌。」

他如此吐苦水，雖然愁眉苦臉，卻還是照樣泡妞。兔夢氏每次見到我，都笑嘻嘻說：「我隨時可以出借種子。我告訴妳，小孩還是趕緊生比較好，要趁早。」

鷹勾鼻、嘴部表情豐富的兔夢氏笑著這麼一說，看起來毫不猥瑣，倒像是最後的堡壘，讓人很安心。

ＢＢ說：「喜歡的水果是草莓，喜歡的起司是卡門貝爾，喜歡的文字是Ｑ，而我是全世界最幸福的女人。」

我在冬天也愛吃草莓，所以會買來大顆草莓，浸泡在牛奶中壓扁了吃。

電話響起，是阿剛。

「今天妳也在工作嗎？星期天吔。」

「有點急件要趕工。」

「小心臉上的雀斑增加喔。熬夜會多十顆，酗酒多二十顆，工作多三十顆。算了，別人家的事，我才懶得管。」

「就跟你說我臉上沒有雀斑！」

「身上或許有喔，要不要檢查一下？」

「不需要！」

我們這樣鬧著玩。最近阿剛的口頭禪是：「我會幫妳抬棺，上床吧。」照阿剛的說法，女人的幸福就是讓睡過的男人來抬棺。

說什麼傻話。

「如果那樣做，到時候出現幾十個男人一起抬，豈不是成了廟會抬神轎遊街。」我開玩笑說。

「可惡。我可是恐怖的吃醋大王喔。」

你聽聽，再沒有比阿剛的電話更能調劑心情的好東西了。

我興沖沖說：「你現在人在哪裡？傍晚一起去吃義大利麵吧？阿剛。」

「笨蛋，我是從東京打來的。」

「我請客，你來嘛。」

我逗他。男女之間的關係，還是當朋友最好。

接下來，我必須在今日之內趕工完成一本書本的封面設計。做完了還得去百貨公司聽聽我設計的童裝評價如何，再之後……

去睽違已久的美國村聞聞那個氣味吧。再去長崎堂聽聽「史密斯先生的音樂鐘」也不錯。

我邊壓扁草莓邊思考，我與芽利不同，還是讓男人來抬棺比較好——是那些擁有友情機器的男人。

文藝 003

壓扁草莓的幸福（苺をつぶしながら）

作者　田邊聖子
譯者　劉子倩
責任編輯　戴偉傑
美術設計　蔡南昇 周世旻
書衣裡插畫　chocolate
內頁排版　高嫻霖

總經理　戴偉傑
出版顧問　陳蕙慧
發行人　林依俐
出版 / 青空文化有限公司
台北市106大安區仁愛路四段107號7樓
電話：02-5579-2899
service@sky-highpress.com
總經銷 / 大和圖書有限公司
電話：02-8990-2588
印刷 / 前進彩藝有限公司
2015（民104）年5月初版一刷
定價 280元
ISBN 978-986-91288-4-1

國家圖書館出版品預行編目（CIP）資料

壓扁草莓的幸福 / 田邊聖子著; 劉子倩譯.-- 初版 --
臺北市：青空文化, 民104.05
296面； 13 x 18.6公分. --（文藝系；3）
譯自：苺をつぶしながら
ISBN 978-986--91288-4-1（平裝）
861.57　　104001879

讀者回函卡

1.您是從哪兒得知《壓扁草莓的幸福》的？

☐書店　☐網站　☐Facebook粉絲頁　☐親友推薦　☐其他

2.請問您購買《壓扁草莓的幸福》是為了？

☐自己讀　☐與伴侶分享　☐與家人分享　☐送給朋友　☐其他

3.《壓扁草莓的幸福》吸引您購買的原因？

☐品牌知名度　☐封面設計　☐對故事內容感到興趣　☐與工作相關

☐親朋好友推薦　☐贈品　☐其他

4您是從何處購買／取得《壓扁草莓的幸福》？

☐博客來網路書店　☐讀冊生活TAAZE　☐誠品書店　☐金石堂書店

☐一般書店　☐網路書店　☐親友贈送　☐其他

5讀完本書之後您會繼續購買文藝系其他作品嗎？原因又是如何？

☐會，

☐不會，

6讀完《壓扁草莓的幸福》，您對本書或青空文化有什麼感想、建言或期許？

基本資料

姓名

性別：☐男☐女　婚姻：☐已婚　☐未婚

生日：西元　　年　月　日

行動電話：

E-mail：

通訊地址教育程度：☐高中職（含）以下　☐專科　☐大學　☐碩士　☐博士（含）以上

職業：☐資訊業　☐金融業　☐服務業　☐製造業　☐貿易業　☐自由業 ☐大眾傳播　☐軍公教 ☐農漁牧業　☐學生　☐其他

每月實際購書（含書報雜誌）花費：

☐300元以下　☐300~500元（含）　☐501~1000（含）　☐1001~1500（含）☐1501以上~

廣告回信
臺灣北區郵政管理局登記證
第 0 4 8 2 9 號

平信

10689
北市大安區仁愛路四段107號7樓
青空文化 收

文藝 003

書號：BG0003

書名：壓扁草莓的幸福